O Vale de Solombra

Eustáquio Gomes

O Vale de Solombra

NOVELA

O VALE DE SOLOMBRA

Copyright © 2011 by Eustáquio Gomes

1ª edição — Julho de 2011

Grafia atualizada segundo o Acordo Ortográfico da Língua Portuguesa de 1990, que entrou em vigor no Brasil em 2009.

Editor e Publisher
Luiz Fernando Emediato

Diretora Editorial
Fernanda Emediato

Produtora Editorial
Renata da Silva

Capa e Projeto Gráfico
Alan Maia

Diagramação
Kauan Sales

Preparação de Texto
Gabriel Senador Kwak

Revisão
Josias A. Andrade

DADOS INTERNACIONAIS DE CATALOGAÇÃO NA PUBLICAÇÃO (CIP)
(Câmara Brasileira do Livro, SP, Brasil)

Gomes, Eustáquio
O Vale de solombra : novela / Eustáquio Gomes. -- São Paulo : Geração Editorial, 2011.

ISBN 978-85-61501-66-2

1. Contos brasileiros I. Título.

11-05354   CDD: 869.93

Índices para catálogo sistemático

1. Contos : Literatura brasileira   869.93

GERAÇÃO EDITORIAL

Rua Gomes Freire, 225/229 – Lapa
CEP: 05075-010 – São Paulo – SP
Telefax.: (11) 3256-4444
Email: geracaoeditorial@geracaoeditorial.com.br
www.geracaoeditorial.com.br

2011
Impresso no Brasil
Printed in Brazil

Da nossa vida, em meio da jornada,
Achei-me numa selva tenebrosa,
Tendo perdido a verdadeira estrada.

DANTE (em tradução de
José Pedro Xavier Pinheiro, 1882)

Minas não há mais.
DRUMMOND

Esses gerais são sem tamanho.
GUIMARÃES ROSA

a acauã

Será a acauã?

Talvez porque estivesse perdido, Luís Quintana achou o lamento da ave mais alongado e mais triste, descaindo do meio para o fim.

A estrada desaparecia e ressurgia lá adiante na dobra do campo.

Uma luz difusa tombava sobre os salgueiros.

Depois dos salgueiros era o campo aberto, mangueiras altas e esparsas, moitas de estrelítzias, coroas de pau-ferro; ao longe uma árvore solitária em forma de taça.

E várzeas de buritis.

Lembrou o dia em que se perdeu na mata fechada. Menino ainda. De um modo parecido com este.

Também daquela vez desembocou numa estrada como esta, a estrada de uma fazenda em ruínas onde se abrigou da tempestade. A diferença é que aqui o ar está limpo e o sol parece uma moeda de cobre cravada num céu de cartolina.

Outra vez o choro da acauã.

o relógio

Para alguém se encontrar é preciso estar perdido.
    Quem disse isto? Benjamin, o velho. Quando? Uma semana atrás, talvez menos. Onde? N'*O Livro Azul*, livraria de usados situada numa rua tranquila de uma cidade mineira. Folheava um volume sobre o Vedanta. Só não se recorda a propósito de quê o velho disse aquilo. Mas foi como se adivinhasse o que estava para lhe acontecer.
    Perder-se para depois se achar.
    O velho e suas tiradas.
    Gostava de Benjamin, embora às vezes fosse difícil compreendê-lo. Mas se Benjamin estivesse aqui seria mais fácil lidar com essa estranheza. Não que se sinta arrependido, amedrontado ou cansado. Confuso, vá lá. Tinha de admitir que havia uma certa confusão em

torno daquela viagem. Ou fuga? Arrependido, não. Não se arrependia tão depressa.

O relógio marcava 11:53.

Parado.

Pela posição do sol, devia faltar ainda muito para o meio-dia. Parou portanto aos sete minutos para a meia-noite. Não se lembrava da circunstância.

Talvez tenha adormecido na mata.

a cacatua

Numa volta da estrada, uma casa e uma espécie de granja ou galinheiro grande.

Bateu palmas.

Ninguém. Todas as janelas fechadas. O mato crescendo em torno.

No alto do ripado uma ave se mexeu.

— Oremos, disse a ave, encarando Quintana.

Papagaio ou arara? Para periquito, muito grande. Antes sabia distinguir a jandaia do apuim, a maritaca da maracanã. Hoje, só com muita dificuldade. Seja como for, sentiu-se confortado ao ouvir palavra humana, ainda que proferida por uma ave.

Mas daí a rezar com um pássaro...

Distraiu-se olhando o ripado e não percebeu que alguém se aproximava com uma enxada no ombro.

Um sujeito alto e magro, um roceiro, talvez um pequeno sitiante. O homem baixou a ferramenta e amparou o cotovelo no cabo.

— É uma cacatua — disse.

Quintana abriu os braços e apontou com o queixo a casa e o telheiro. O homem entreabriu os beiços, demorando a atinar com o gesto:

— Ah, os monges. Eles foram embora.

— Como! Abandonaram a granja?

— Não é uma granja. É um viveiro. Foi desativado há muito tempo. Alguns deles voltaram, quero dizer, os pássaros. Nasceram e cresceram aqui. Vivem bastante, esses pássaros. E se lembram das palavras.

Como ainda confrontava o olhar da cacatua, Quintana não viu o homem se afastar. Correu atrás dele a tempo apenas de vê-lo desaparecer entre uns tufos de capim colonião. Chamou. Não houve resposta.

— *Ora pro nobis* — disse a ave.

— Ora, vá pro inferno — resmungou Quintana.

E recomeçou a andar.

Benjamin

Um ano antes, dois aviões de carreira arremeteram contra duas torres comerciais geminadas, reduzindo-as a um monte de escombros. Era a manhã de 11 de setembro de 2001. Mais tarde se falou que tinha começado ali o século 21.

Benjamin achou que aquilo era mais do que podia tolerar. Desligou a TV e voltou para a cama. Costumava dizer que para ser capaz de suportar a tola agitação humana, essa trêmula turbulência a que chamam História, precisava de um distanciamento de pelo menos sete décadas. Sendo assim, retornou de bom grado ao estado de inconsciência.

Embora viesse de uma noite de insônia, dormiu apenas o suficiente para ter um sonho intenso e curto.

Sonhou com um sebo labiríntico onde a luz do dia entrava fracamente e as lâmpadas no teto não luziam igualmente para todas as estantes. Assim, muitos livros dormiam na obscuridade.

Foi invadido por uma onda de alegria à vista de tantos livros velhos, livros de um tempo cuja *turbulência* havia ficado para trás. Daí a calma que emanava das estantes. Deteve-se num livro do qual mais tarde, desperto, só se lembraria da capa: a figura de uma mandala. Sentiu-se fortemente atraído para aquele livro, mas antes que pudesse fazer qualquer coisa a respeito, foi arrancado do sonho pelo ruído de sirenes na rua.

o livro

Meses depois Benjamin se viu diante de um sebo igual ao do sonho. Ficava numa rua escondida do bairro universitário. Nunca antes tinha reparado naquele sebo. Não era de espantar, disse Benjamin a si mesmo, já que todos os sebos se parecem.

Na parede, leu: *O Livro Azul.*

Dirigiu-se ao homem do balcão e minutos depois lhe contava o sonho que teve e a espécie de premonição que parecia conter. Quintana, o livreiro, um homem já agrisalhado nas têmporas mas em todo caso alguns lustros mais jovem que Benjamin, mostrou-se receptivo e levou-o aos fundos da loja, onde funcionava uma pequena oficina de restauro.

Curvada sobre uma bancada estreita, uma mulher pálida recortava um retângulo de papelão para reforçar a lombada de uma brochura. Benjamin se lembrou de seus tempos de encadernador, dez anos vivendo daquilo, e para ser franco era uma vida melhor que a de tradutor.

Quintana apresentou-a enquanto lhe servia um café.

— Diva, minha mulher.

Era tímida e levantou para Benjamin uns olhos grandes e melancólicos, para tornar a baixá-los em seguida. O velho estendeu-lhe a mão:

— Ventura. Benjamin Ventura. Muito prazer.

Finalmente obteve dela um sorriso fugaz. No momento em que ela girou o livro para lhe aplicar o remendo, Benjamin teve um sobressalto.

Reconheceu a mandala na capa.

Luisito

Era uma edição alemã de um antigo tratado taoista sobre a alquimia, traduzido pelo sinólogo Richard Wilhelm e intitulado *O segredo da flor de ouro* (*Das Geheimnis der Goldenen Blüte*), com duas longas introduções de Carl Jung e uma explicação de Wilhelm.

No centro da mandala, um detalhe que o sonho não havia revelado ou que a memória de Benjamin não retivera: o coleio de um laço de fita na forma do número 8 deitado. Uma lemniscata.

Benjamin quis saber se o livro estava à venda.

— Claro que sim — respondeu Quintana compreendendo que estava diante de um potencial cliente para sua pequena seção de obras em alemão. Só é preciso deixar a cola secar.

— Então me faça a reserva, por favor. Passo para apanhar.

Agradeceu o café e ia saindo quando o livreiro o deteve. Tinha acabado de entrar Luisito, seu filho de 12 anos, com uma mochila escolar cruzada nos ombros. Quis que o velho o conhecesse. O garoto fixou seus olhos escuros em Benjamin e, ao contrário da mãe, não os baixou.

— Já sei — disse Luisito —, o senhor é o "velho das mágicas".

Quintana, antes mesmo de se surpreender, repreendeu o filho pelo desabusado da linguagem. Benjamin deu uma gargalhada. E, dando um passo em direção ao garoto, retirou-lhe três gordas moedas da orelha direita.

— Veja só — pilheriou o velho. — Patacas!

E ante a admiração do garoto:

— Pode ficar com elas. Que seja o começo da sua fortuna.

Eram moedas da década de 1920 e mostravam, no verso e no reverso, um ramo de café emoldurando o número 500.

o vice-cônsul

— É claro que falo e escrevo em alemão — disse Benjamin.

A mãe de Benjamin fugira da Alemanha em maio de 1940, escapando aos *pogroms* graças ao consulado brasileiro de Hamburgo. Ela era solteira e Benjamin, então pouco mais que um adolescente, era sua única companhia. Um dia ouviu que um vice-cônsul vinha facilitando a fuga de judeus para o Brasil. Ele não só lhes concedia os vistos que eram vedados aos judeus pelo estado nazista como obtinha para eles passaportes civis, isto é, sem o símbolo de identificação de sua condição de judeus, a estrela de Davi.

Na verdade havia alguém mais por trás dessa arriscada operação. Chamava-se Aracy e era paranaense, mas nos círculos judaicos já vinha sendo chamada de "o anjo de Hamburgo". Era a auxiliar direta do vice-cônsul.

O esquema funcionava assim: Aracy conseguia os passaportes com um funcionário da polícia de Hamburgo e o vice-cônsul os validava. Além de lhes conseguir os passaportes, ela escondia os judeus quando necessário e os escoltava até o convés do navio. Guardava na própria bolsa suas joias e seu dinheiro para evitar que fossem espoliados na alfândega, restituindo-lhes na plataforma de embarque aqueles que eram provavelmente seus últimos bens.

Foi assim que a mãe de Benjamin passou pelo controle portuário de Hamburgo e chegou ao porto de Santos com 12 pares de brincos e um riquíssimo colar de ametista que pertencera à sua avó.

Tempos depois, quando o vice-cônsul já estava morto e era um escritor traduzido e celebrado, batizaram em Jerusalém um bosque com o seu nome e o nome de Aracy. O que fazia todo sentido, não só por ela ter sido o anjo de Hamburgo, mas também porque, terminada a guerra, os dois haviam se casado.

O vice-cônsul chamava-se João Guimarães Rosa.

nonada

A Benjamin nunca pareceu casual que o vice-cônsul, que era um escritor dado a inventar palavras e a recombiná-las (assim como um geneticista recombina flores para recriar a semântica dos jardins), concluísse sua obra-prima com o coleio de uma lemniscata.

Que a lemniscata seja também chamada "laço de Moebius" deve ter parecido a Rosa um sortilégio — disse Benjamin — não por ter sido concebida pelo astrônomo e matemático August Ferdinand Moebius, mas porque Aracy, sua auxiliar e depois sua esposa, tinha por sobrenome Moebius.

Num impulso Benjamin foi à seção de literatura nacional, correu o dedo pelas lombadas, e com o gesto decidido apanhou o *Grande Sertão: Veredas*. Abriu-o na última página e foi direto à última linha. Leu alto.

> *Nonada. O diabo não há! É o que eu digo, se for...*
> *Existe é homem humano. Travessia.*

Como uma fita torcionada no lugar que corresponde a seu ponto de equilíbrio, a lemniscata não tem começo nem fim, percorrendo a si mesma numa órbita interminável — figurando o infinito.

confluências

Benjamin atribuía a confluências como aquelas (isto é, ao poder imanente de mandalas e lemniscatas) os inúmeros fios e caminhos cruzados que tecem o destino humano. Elas podiam conter previamente não apenas a fuga da mãe e a sua para o Brasil, tornada possível pelo vice-cônsul, como até mesmo o traçado de suas existências.

— Você o que acha?

O livreiro foi franco:

— O senhor me desculpe, mas nasci com um defeito grave. Eu só acredito no que vejo.

No olhar do velho aflorou um traço de ironia. — Nesse caso, o que vê?

— Vejo o vice-cônsul, a mulher do vice-cônsul, o passaporte e o navio deixando o porto de Hamburgo.

Posso ver até mesmo a lemniscata. O que não vejo é a função da lemniscata na história.

Benjamin varreu com o olhar as estantes em torno:

— Curioso: um oitavo de sua livraria se dedica ao ocultismo. Outro oitavo às religiões. Se a gente somar aí as estantes de autoajuda, sem contar a de psicanálise, que também é uma espécie de ocultismo, isso é quase a metade de sua livraria.

Quintana deu de ombros:

— É o que vende. — E acrescentou: — Mesmo assim, não tem vendido muito ultimamente.

Jung

Em 1926 Carl Jung teve um sonho que segundo suas próprias palavras foi para ele como uma dessas *portas que se abrem para a noite cósmica original.*

No sonho, Jung fugia da guerra numa carroça puxada por cavalos. Estava no *front* italiano e um camponês ia com ele. Depois de atravessarem uma ponte e um túnel semidestruído, a paisagem mudou de repente: a carroça entrou num campo ensolarado e deslizou para o pátio de um castelo. Dois portais se fecharam atrás deles. O camponês saltou da carroça e exclamou: "Merda, agora estamos presos no século 17". Vendo-se apanhado na armadilha do tempo, Jung se resignou — "Que seja!" — mas logo teve um pensamento consolador:

algum dia, não importa quando, ele sairia dali e estaria livre novamente.

Livre para quê, era a questão que se punha. Dois anos mais tarde Richard Wilhelm lhe enviou o seu manuscrito d'*O Segredo da Flor de Ouro*. Jung encontrou no tratado taoista a confirmação de suas teorias sobre a mandala e da circum-ambulação da psique em torno de um centro. Mas só chegou a essa conclusão quando relacionou o conteúdo do sonho com um outro, de anos antes, em que se viu entrando numa ala desconhecida de sua casa em Zurique e ali descobriu uma magnífica biblioteca que datava do século 16 ou 17. Folheou grandes volumes nos quais havia estranhas figuras que mais tarde ele identificou como símbolos da alquimia.

No seu jeito peculiar de interpretar os sonhos, Jung concluiu que tanto o aposento desconhecido quanto o pátio do castelo representavam aspectos de sua personalidade da qual ele ainda não tinha tomado consciência.

Nos 15 anos seguintes Jung mergulhou em obscuros e densos tratados de alquimia a ponto de quase perder a razão. Não que estivesse disposto a acreditar no louco projeto dos alquimistas de obter a pedra filosofal mediante a transformação dos materiais (projeto que em nossos dias não parece tão louco assim), mas fixou-se sobretudo nas fases do processo alquímico da solução, separação, sublimação, coagulação e conjunção, nas quais enxergou uma metáfora do processo psíquico *em busca de sua totalidade*. Ou seja, sem ter propriamente consciência disso, os alquimistas estavam projetando seu próprio inconsciente em suas retortas, simulando as etapas que um indivíduo deveria enfrentar (se as enfrentasse de verdade!) para vir a ser a pessoa que estava destinada a ser segundo *suas qualidades e seus traços congênitos.*

Wilhelm

Em 1928, Richard Wilhelm enviou a Carl Jung o manuscrito de sua tradução d'*O Segredo da Flor de Ouro*.

Até ali, o tratado havia tido três edições chinesas. A primeira, do século 17, foi impressa sobre pranchas de madeira e dela restam raríssimos exemplares, um dos quais Richard Wilhelm teve a sorte de garimpar numa loja da Liu Li Tschang, a antiga rua de antiquários de Pequim. A segunda edição é do século 18. Da terceira, de 1920, tiraram-se mil exemplares para distribuição a um círculo de iniciados. A quarta foi a tradução alemã de Richard Wilhelm, publicada em Berlim em 1930 e base das muitas traduções que se difundiram pela Europa e no resto do mundo a partir do impulso que lhe deu Carl Jung.

Jung reconheceu que só veio a encontrar seu método de trabalho, cujo motor é o processo de *individuação*, quando lhe caiu dos céus o manuscrito de Wilhelm. Embora o mencione lateralmente em *Memórias, Sonhos, Reflexões*, sua autobiografia escrita ou ditada no ponto extremo da velhice, Jung nunca fez inteira justiça à constatação de Wilhelm de que as designações alquímicas eram símbolos de processos psicológicos. Após a morte de Wilhelm, as edições seguintes d'*O Segredo da Flor de Ouro* sofrem o peso de duas longas introduções de Jung que ocupam não menos de 70 das 136 páginas do mágico livrinho, aí incluídos um terceiro introito e dez mandalas recolhidas de seus arquivos clínicos e interpostas como *trompe l'oeil* para as escassas 56 páginas restantes.

Richard Wilhelm desembarcou na China no último ano do século 19 com a missão de salvar almas — o que àquela altura exigia imensa coragem, mesmo em Tsingtao, cidade de cultura alemã aberta para o Mar Amarelo — mas imergiu de tal forma no labirinto místico chinês, que ao fim da vida gabava-se de não ter batizado um único nativo. Dedicou o resto da vida a construir uma ponte entre a chamada espiritualidade oriental e a ocidental. Morreu em 1930, aos 57 anos.

Jung atribuiu o colapso físico de Wilhelm a seu fracasso em conciliar as duas culturas, que teriam travado dentro dele um combate de morte. Para o comum dos mortais, entretanto, ele morreu da recidiva de uma amebíase que contraíra em 1910, ao abusar da comida chinesa.

o visível e o invisível

A conversa continuou na mesa de jantar do livreiro. O velho argumentou que ninguém vê o neutrino, e no entanto o neutrino existe. Assim como existe o neutrino e ninguém o vê, disse, outras coisas que não são vistas também podem existir. Até onde se sabe, nenhum olho humano jamais contemplou o interior de um buraco negro. E o velho desafiou-o dizendo que no fundo *todos acreditam* — o livreiro não era exceção — e que se ele se negava a pensar a respeito, algo de visceral se encarregava de pensar por ele.

— Aí está — disse o livreiro. — Eu me recuso a pensar com as vísceras. Prefiro usar o cérebro.

O uísque tinha soltado a língua do livreiro, e agora ele falava com estrépito, com raiva quase. Corria o boato de que o velho falava com os mortos. Foi com horror que, da cozinha, a mulher do livreiro o ouviu chamar "necromante" ao velho. Quintana repetia essa palavra quando ela entrou de volta na sala, pronta para interferir. Mas ele já estava se desculpando. Com um sorriso benévolo Benjamin fez um sinal para que Diva não se preocupasse.

Obrigando-se a uma calma acima de suas forças, Quintana explicou seu ponto de vista: se os mortos se comunicassem, as livrarias estariam bem mais sortidas e as estantes espíritas superariam as mundanas em quantidade e qualidade. O *Livro Azul* também lucraria, mesmo sendo uma livraria de livros de segunda mão, pois sempre haveria os descartes após a primeira leitura. Os mortos são em número muito maior que os vivos. Bastava imaginar a corrida atrás dos inéditos de Shakespeare, Cervantes, Balzac, Proust, Thomas Mann, Joyce, Borges. Inéditos magníficos no melhor estilo de cada um, talvez até superior a tudo o que haviam produzido em vida, pois teriam acumulado mais experiência e saberiam mais coisas.

— Machado não se negaria a um segundo volume das *Memórias Póstumas*, pois teria muito mais a dizer. E o seu Guimarães, hein, com seus buritis do mundo astral! Chateaubriand reveria as suas memórias de além-túmulo! Eu daria tudo para saber que espécie de mundo mágico Cortázar nos mostraria desta vez.

O velho aparou de bom humor aquela torrente de farpas e ajudou Diva a levá-lo para a cama tão logo ele deu mostras de não parar em pé nem sentado. No trajeto até o quarto, amparado pelos dois, disse que estava pronto a mudar de opinião se o velho apresentasse provas irrefutáveis do que dizia. Ele saberia manter a mente aberta, engrolou antes de cair em profundo sono, mas não a ponto de deixar o cérebro sair para fora.

O velho riu dessas últimas palavras do livreiro.

"Pobre homem", pensou.

o oficial de justiça

Quis o acaso que na tarde em que passou n'*O Livro Azul* para apanhar *O Segredo da Flor de Ouro* Benjamin emparelhasse com um oficial de justiça. O oficial tinha pressa, de modo que Benjamin diminuiu o passo para lhe dar passagem. Quando, após um rápido cumprimento a Quintana, o oficial abriu sua pasta e de dentro tirou uma intimação, Benjamin cogitou de dar meia-volta e sair da loja. "Que hora escolhi para vir", pensou. Mas Quintana, de fisionomia inalterada, viu-o, e com um aceno pediu que esperasse. Assinou a intimação e o oficial se despediu com um movimento da cabeça.

— É curiosos — disse Quintana. — Ontem o senhor disse uma coisa que me ficou na cabeça: que na vida uma pessoa tem de passar por muita coisa antes de chegar a ser quem é.

— Ou quem estaria destinada a ser — corrigiu Benjamin. — Poucas pessoas chegam a ser aquilo que deveriam ser.

— Pois então, meu amigo, eu estou na contramão do Dr. Jung. Positivamente eu não caminho para ser o que deveria ser, mas para ser a caricatura do que tenho sido.

Na meia hora seguinte Quintana abriu a alma ao velho. Havia oito meses que não pagava a pensão da ex-mulher Sulamita e de Jane, a filha deles, de dezoito anos.

— E digo ao senhor que ela é rica, se comparada comigo.

Inesperadamente baixou a cabeça sobre o tampo do balcão.

— É rir ou chorar.

Benjamin teve pena.

— Calma. Deve haver uma solução.

Gostaria de fazer alguma coisa por ele, de socorrê-lo, mas Benjamin era pobre e vivia de uma aposentadoria magra, para não dizer esquálida. Sobrevivia de fazer traduções técnicas. Quintana pediu desculpas e ergueu a cabeça. Riu de fato, mas baixo, como se risse para si mesmo. Depois enfiou a mão direita sob o balcão e trouxe à tona o exemplar restaurado d'*O Segredo da Flor de Ouro*, com aspecto de novo e ainda cheirando à cola. Benjamin perguntou o preço e ia puxando a carteira quando Quintana disse que não era nada, que aquele primeiro livro era um presente de boas-vindas. Ante o protesto de Benjamin, Quintana pediu que ele tomasse o gesto como um símbolo.

Aquilo soou tão bonito, que Benjamin comoveu-se de verdade, pedindo licença para abraçar Quintana.

— Deve haver uma solução — repetiu.

Sulamita

Excetuando os achaques da gota, que não eram tão intensos que não pudesse conviver com eles, Benjamin levava uma vida tranquila, tanto quanto pode ser tranquila a vida de um solteirão que envelheceu em pobreza digna e, até onde se sabe, *casta*.

Nas horas de folga que lhe deixavam as traduções (manuais, catálogos e folhetos para a indústria), Benjamin se dedicava a ler, ouvir música e cozinhar. Estava rodeado de livros os mais excelentes (em sua opinião, ao menos), a música bizantina era preferível a qualquer outra e o tempero de sua comida era percebido a quarteirões de distância. Ao lado morava um engenheiro de águas que às vezes descia para comer com ele, atraído pelo arroz de forno e pelo chouriço frito em rodelas. Outras vezes era o velho que subia e nessas ocasiões fazia questão de preparar o jantar do engenheiro e de sua esposa doente conforme um ritual quase religioso. Havia felicidade genuína naquilo e, por onde analisasse a sua vida, não encontrava razão para meter-se em embrulhadas.

Mas foi justamente o que aconteceu no dia em que aceitou acompanhar Quintana à casa de Sulamita. Mais uma vez o livreiro ia tentar uma solução conciliatória para o problema da pensão. Ia dizer a Sulamita que só precisava de um tempo para reorganizar sua vida. Na companhia do velho, ela se intimidaria e o ouviria até o fim. Assim pensava.

Deu-se o contrário. Sulamita tinha uma visita (um homem de terno claro e bigodes bem aparados) e a chegada de Quintana a aborreceu. Tomou Benjamin por seu advogado e se enfureceu de verdade. O visitante logo compreendeu o que se passava e despediu-se, prometendo voltar outra hora. Então seus gritos de histérica foram ouvidos a distância de um campo de futebol e muita gente saiu à janela para vê-los serem enxotados para a rua como dois leprosos.

— Minha nossa! — disse Benjamin no percurso até o carro.

Quintana dirigiu em silêncio no trânsito pesado do meio-dia, mastigando o rancor acumulado durante anos, e que agora sopitava. Só depois, fúnebre, revelou:

— O canalha é amante dela.

— Tem certeza?

— Absoluta.

Benjamin sabia alguma coisa de leis:

— Bom, vocês são separados. Acho que ela tem o direito...

Quintana espetou um dedo no ar:

— Não quando o amante é casado e tem uma penca de filhos. Não quando posa de figura impoluta. Não quando decide o destino de tanta gente.

Benjamin alarmou-se.

— Mas quem diabo ele é?

A raiva reprimida de Quintana subiu, bateu no teto do carro e caiu no colo do velho:

— O Dr. Alcindor. É o juiz que lhe despacha os papéis.

o contador

Era pequeno, rechonchudo e falava depressa. As palavras se atropelavam em sua boca. Tropeçava nas fricativas. E estava aflito porque nos 20 anos em que fazia a contabilidade de Quintana, tanto nesta quanto na outra empresa, a de serviços gráficos, que fechou as portas, nunca ficara sem receber um só centavo. Agora havia meses que não recebia nada. Por sorte contava com uma boa carteira de clientes. E gostava de Quintana. Dele se podia dizer que era um imprevidente, um homem que cavava fossos a seu redor e que, portanto, trabalhava contra si mesmo, mas nunca que fosse um mau caráter, um pária, um fora da lei. Ao contrário, seus problemas eram em geral consequência de sua excessiva generosidade.

Benjamin ouvia calado.

— Por se fiar demais nos outros, levou muitos tombos. Mas eu digo ao senhor: sempre se levantou com dignidade. E não é homem de guardar rancores.

Não havia perguntado nada, mas o contador queria falar.

— Desta vez é diferente. Não sei se levanta mais.

Benjamin alarmou-se.

— Tão grave assim?

O contador chegou mais perto e sussurrou no ouvido de Benjamin: "falido". Completamente falido. E por quê? Por prodigalidade, por imprudência. Porque havia contraído com os bancos dívidas que não podia pagar. Porque a rolagem das dívidas atirara os juros para a estratosfera. Porque para pagar os juros ele havia recorrido à agiotagem. E também porque devia um monte de dinheiro ao fisco.

O contador voltou-se para o velho:

— O senhor é amigo dele?

— Pode-se dizer que sim.

— Então se apiede.

o jardim

"Eis, portanto, um daqueles que caminham sobre o abismo, pisando tábuas podres como se andasse em terra firme", pensou o velho. Havia conhecido alguns assim, era capaz de identificá-los a distância, o ar errático, a camisa bufante, uma alegria órfã estampada no rosto.

Na cabeleira desgrenhada uma nebulosa de sonhos.

Um domingo Benjamin voltou à casa de Quintana. Na bolsa levava um medalhão que mandara cunhar com a mandala de Kalachakra em alto-relevo, um presente prometido a Luisito. Encontrou Quintana cavando a terra da praça defronte à casa. Ouviu que estava construindo um borboletário.

— Como é isso?

— Uma ilha de verde capaz de atrair borboletas.

Parecia despreocupado, feliz com aquilo. Nem parecia o homem que tinha debruçado a cabeça sobre o tampo do balcão, em desespero. Ia erguer um ripado e plantar uma coroa de pentas e lantanas, com uma bananeira no centro.

— As bananeiras são ótimas como incubadoras de casulos.

O velho sentou-se a seu lado na grama.

— Você virou funcionário da prefeitura?

Quintana riu.

— Estou a serviço das crianças do bairro. Têm nascido muitas ultimamente. A quadra está em floração.

Descansou o queixo no cabo da pá.

— As crianças de colo são fascinadas por borboletas. Para elas, borboletas e flores são a mesma coisa. Ou seja, para os bebês borboletas são flores que voam.

"Para quem só acredita no que vê", pensou Benjamin, "este homem vê mais do que pensa." A única coisa que não vê são as tábuas podres.

a tempestade

Novembro negro.

Esta foi a expressão usada por Quintana para qualificar aquele mês e a constelação de misérias que sobreveio. O mundo parecia ter desabado sobre ele. Os agiotas começaram a rondar a porta da livraria e a casa em frente ao jardim de borboletas: esse foi o primeiro sinal. Depois, das lojas chegaram cobranças com tarjas negras. Mensageiros traziam avisos bancários com comprovante de entrega que era preciso assinar. Houve um ultimato ameaçador da Receita Federal. Por fim, revelou-se que ele estava sendo ameaçado de morte pelo credor de um esquema financeiro clandestino chamado Pirâmide, do qual Quintana seria o artífice e fiador. Ele negou o envolvimento, mas as ameaças eram inegáveis.

Acontecia com Quintana o que nos acidentes de aviação se chama *conjunção de fatores*: vento, chuva, granizo, raios e o colapso progressivo do sistema de navegação. Tudo de uma vez. Parecia coisa orquestrada, mas Benjamin tinha um nome para aquilo: desmantelo.

O pior veio em seguida. Atarantado, perplexo, em fuga, Quintana não compareceu à convocação judicial da ação movida por Sulamita. Nem sequer tentou se justificar. Numa segunda-feira de manhã, quando abria a porta da livraria, foi detido. Luisito estava com ele e quis acompanhá-lo, mas os policiais disseram que isso não era possível. Reprimindo as lágrimas, ocorreu então a Luisito passar ao pai o medalhão que ganhara de Benjamin — "para dar sorte e o senhor voltar logo" — disse.

— Ele não vai poder usar isso para onde vai — disse um dos policiais.

Mesmo assim, Quintana levou consigo o medalhão. O outro policial foi mais gentil:

— É capaz de voltar sozinho para casa, garoto?

— Sim, a gente mora ali mesmo.

— Então avise sua mãe.

A primeira pessoa que Luisito avisou foi Benjamin. O velho agiu rápido. Informou-se, foi ao banco, conferiu suas economias e depositou o equivalente às dez parcelas atrasadas da pensão de Sulamita. O juiz relaxou a prisão. Na manhã seguinte Benjamin foi esperá-lo à saída do presídio. Quintana apareceu de camisa aberta, o medalhão à mostra no peito.

— Vai ver me deu mesmo sorte — disse e riu.

Benjamin riu também e respondeu que, nesse caso, mandaria cunhar outro especialmente para ele, já que aquele pertencia ao menino.

o acidente

Por razões alheias à sua vontade, Benjamin não chegou a cumprir a palavra. Naquele mesmo dia, Quintana lhe disse que ia sumir por uns dias. Que o velho ficasse tranquilo: cada centavo do empréstimo lhe seria devolvido (outra promessa fadada ao descumprimento). À Diva, Quintana disse que ia ver uns parentes no interior e descansar a cabeça. Talvez conseguisse um empréstimo com eles, saldaria as dívidas mais urgentes e as demais que esperassem. A verdade é que buscava se colocar fora do alcance dos credores.

Durante uma semana não se soube dele.

Uma noite, Benjamin trabalhava numa tradução sobre pistões quando veio a notícia. Tinha havido um acidente. Um carro em velocidade se metera por debaixo da traseira de uma carreta que transportava ladrilhos. Arrastado por mais de um quilômetro sem que o motorista do caminhão percebesse, despegou-se numa curva, foi catapultado para fora da pista e rolou espetacularmente até mergulhar no rio.

Holofotes varreram as águas barrentas.

Mergulhadores trabalharam durante horas.

Quando o carro foi encontrado e içado (um bolo de ferragens), constatou-se que era o carro de Quintana.

Mas, para espanto geral, Quintana não estava lá.

o corpo e a lei

Duas semanas de busca, ao longo e ao largo do rio, resultaram em nada. Mergulhadores se revezaram dia e noite. O chefe dos bombeiros declarou ao jornal que um corpo pode ficar preso a raízes ou ancorado em pedras durante meses, ou enfiado em galerias cavadas por roedores abaixo do nível da água, e emergir quando menos se espera. Mas não faltou quem desse crédito à versão de que Quintana havia preparado a cena, saltado do carro antes da colisão e evadido sabe-se lá para onde. Depois mandaria buscar a família e talvez até trocasse de nome.

— Besteira — disse o juiz Alcindor.

Ao perito da polícia inquiriu formalmente se alguém sairia vivo de um sinistro como aquele. Um sinistro em que o carro foi transformado num monte de ferragens em forma de bola. Uma estranha construção esférica voltada para dentro, sem uma brecha por onde a vítima fosse expelida ou projetada para fora. O perito foi categórico:

— Nenhuma chance, meritíssimo.

O juiz Alcindor imediatamente mandou suspender as buscas e declarou a morte presumida de Quintana. Justificou-se: "é desumano que a família fique refém de embaraços jurídicos quando a morte de Quintana é mais que provável".

No dia seguinte Sulamita deu início ao processo de espólio.

Advíncula

Os que ignoravam a existência do investigador Armando Advíncula logo saberiam que esse homem calvo, de seus 35 anos e uma voraz vocação para a publicidade, estava destinado a criar uma lenda em torno do desaparecimento de Luís Quintana, comerciante de livros endividado até a raiz dos cabelos.

Advíncula afirmava ter provas de que Quintana tramara sua fuga para escapar aos credores e que o livreiro não se achava no interior do carro no momento em que este mergulhou no rio. Advíncula nunca apresentou tais provas, que para o imaginário popular eram aliás dispensáveis. Depois chegaram rumores de que Quintana tinha sido visto em tal ou qual lugar. Viajantes em turismo ou em missão de comércio afirmavam ter cruzado com ele em Assunção, em Bogotá, no Recife e em Ushuaia. A concomitância dessas visões não era argumento para desanimar os crédulos, sempre dispostos a desafiar as leis da relação espaço-tempo.

O investigador Advíncula estava a soldo da organização de proteção ao crédito.

a amante

Assim dispostas as coisas, difundiu-se também a revelação espetacular, atribuída ao mesmo Advíncula, de que Quintana, na noite de seu desaparecimento, vinha do encontro com uma amante. Nessa história a amante tinha um nome (Lázara Reis) e trabalhava como cerzideira numa loja de departamentos do Rio de Janeiro, conforme transpirou da coluna de mexericos do jornal. Mais uma vez o investigador não apresentou provas, nem Lázara Reis, que era descrita como uma discreta beldade na flor de seus 28 anos, veio a público para desmenti-lo ou, o que seria mais convincente, processá-lo por calúnia.

Incomodado com as especulações de Advíncula, cujo realismo ameaçava a base da decisão que tomara, o juiz Alcindor cogitou chamar o investigador para depor. Mas teve medo e recuou. Subitamente viu naquele relato de amantes as linhas gerais de sua própria história.

Diva sofria duplamente. Por um lado desejava acreditar em Advíncula, pois assim Quintana estaria vivo, ainda que a tivesse traído. Por outro lado queria que Advíncula fosse um grande mentiroso, um impostor, como Benjamin dizia que ele era, e nesse caso Quintana era inocente e estaria morto. De todo modo recusava-se ao luto. Tardes inteiras era vista na beira do rio, em companhia do filho e às vezes de Benjamin, esperando que Quintana emergisse das águas, escalasse o barranco e viesse falar com eles.

Chegou a chamar por ele um dia, em gritos lancinantes, arrancando lágrimas de quem passava.

o juiz Alcindor

Se havia alguém que o juiz Alcindor temia — porque sempre se teme alguém ou alguma coisa — era o juiz corregedor Lopes Miranda. O juiz Lopes Miranda, de todos os juízes corregedores que tinham os olhos voltados para aquela comarca, era o que declaradamente menos gostava do juiz Alcindor. As razões eram obscuras, mas se avolumaram com o tempo e chegaram a um ponto crítico quando o juiz corregedor, tendo ouvido que o juiz Alcindor havia declarado morto um comerciante desaparecido, advertiu-o nestes termos:

— Reze para que esse homem esteja mesmo morto. Do contrário vossa excelência está acabado.

A ameaça do juiz corregedor fez o juiz Alcindor perder algumas noites de sono, mas não foi o bastante para alterar sua rotina. Manteve o hábito de chegar cedo ao gabinete e deixá-lo por volta das oito da noite. Escrevia artigos para o boletim jurídico, pertencia a umas quantas associações de classe e dirigia uma entidade filantrópica. Eram coisas que o cobriam de consideração e reforçavam sua fama de cidadão operoso e influente. Certa vez chegou a ser cotado para a presidência do Tribunal de Justiça do Estado, mas na última hora retirou sua candidatura em favor de um notório inimigo do juiz corregedor.

O juiz Alcindor e sua família habitavam uma casa de dois andares num condomínio fechado. O aposento mais amplo abrigava a biblioteca. Às vezes sentava-se no sofá de couro e contemplava as estantes altas e bem arrumadas, os livros organizados por assuntos e a beleza austera das encadernações. Mandava encadernar até mesmo os livros que sabia que não teria tempo de ler, ou pelos quais havia perdido o interesse. No momento em que estes fatos ocorriam, havia três livros sobre sua mesinha de cabeceira: *O Espírito das Leis*, de Montesquieu; *A Democracia na América*, de Alexis de Tocqueville; e *O Mundo Assombrado pelos Demônios*, de Carl Sagan.

Apenas superficialmente o juiz Alcindor havia conhecido o livreiro Quintana, mas sabia por fontes diversas, uma das quais Sulamita, que se tratava de um mau pagador e de um incorrigível perdulário.

a borboleta

Numa noite de trovoada em que a chuva bateu forte contra a janela de seu quarto, Benjamin demorou a dormir. Quando adormeceu, já manhãzinha, sonhou que estava num cinema e via um filme de caubói. A certa altura Quintana se intrometeu na ação do filme. Saltando da tela para o palco, dirigiu-se a Benjamin e fez um pedido: que cuidasse de Diva e do garoto até que pudesse voltar para casa. Sentindo o peso da atenção da plateia em sua nuca — ele estava na segunda fila —, Benjamin prometeu fazer o que ele pedia. Quintana pareceu ficar satisfeito e voltou para a tela. Antes de desaparecer, disse:

 — Obrigado, velho. Vou tomar isso como um símbolo.

Não revelou onde se encontrava, nem lhe foi perguntado. Agora Benjamin se arrependia de não ter prestado suficiente atenção na paisagem que lhe servia de fundo. Tanto podia ser um jardim público quanto uma mata fechada.

Na manhã seguinte Benjamin passou na livraria e encontrou um clima de grande consternação. Dois policiais estavam lá, de arma na cinta, e Diva falava com eles. Estava visivelmente aflita. Josiel, o atendente, zanzava aparvalhado entre as estantes. Alguns clientes folheavam livros apenas para ter a ocasião de ouvir o relato do drama que se desenrolava.

Havia ocorrido que, pela manhã, ao chegar para abrir a loja, Diva não conseguira introduzir a chave na fechadura. Teve de chamar o chaveiro para descobrir que a porta fora arrombada e a fechadura trocada durante a noite. Quem roubaria livros usados? Ninguém havia tocado nos livros. Apenas, quando o computador foi ligado, a imagem de uma grande borboleta irisada surgiu de um pequeno ponto, voejou demoradamente pela tela e se distanciou batendo as asas de um modo lento e irônico. Aquilo era novo, e o arrombador tinha humor. Mas as coisas começaram a fazer sentido quando se constatou que um dos discos do computador, justamente o que armazenava o controle de estoques, não estava onde devia estar. Fora arrancado e levado embora.

o oráculo

Um mês depois, sob pressão dos credores, o juiz Alcindor ordenou o arresto dos bens de Quintana. A casa e o sebo eram tudo o que ele possuía, mas o juiz deixou a livraria fora do sequestro por ela já estar sob litígio. Não demorou para que Diva recebesse o aviso de desocupação da casa. A situação, que já não era boa, ficou insustentável.

— Vamos jogar o I Ching — disse o velho.

Quintana teria debochado daquilo, mas Quintana tinha desaparecido como vapor no ar. Benjamin sacou três moedas iguais do bolso da jaqueta. Andava sempre com essas moedas no bolso para o caso de precisar consultar o oráculo. Juntou as mãos em concha, sacudiu as moedas e pediu que Diva formulasse uma pergunta. Ela não hesitou:

— Quero meu marido de volta.

— Não está ao alcance do oráculo alterar as grandes linhas de um destino — disse Benjamin, contrariado.

E explicou que o problema deles naquele momento era outro: era como sair da encrenca em que Quintana os metera. Diva suspirou:

— Eu sabia. E o senhor acaba de já formular a pergunta.

Benjamin deixou cair as moedas. Duas caras e uma coroa. O garoto preencheu a linha inferior do hexagrama. O velho repetiu o rito e fez o segundo lançamento. Três coroas. Luisito preencheu a segunda linha. E assim até a sexta linha, quando o hexagrama se completou e formou o seguinte desenho:

O velho sacou do bolso uma folha já rota (a tabela das 64 combinações), desdobrou-a e leu a mensagem do oráculo para o hexagrama 3, correspondente ao desenho indicado pelas moedas:

Não espere das coisas uma solução rápida e fácil.
Se esperar pelo pior, o resultado poderá ser agradável.

— Estão vendo? No fim vai dar tudo certo — disse Benjamin.

Acabou de dizer isso e alguém entrou pela porta. Era o oficial de justiça. Atrás vinham os dois policiais que tinham estado lá semanas antes. Traziam uma ordem judicial para que a loja fosse desocupada. A ordem era de aplicação imediata. Mas ninguém precisava se apressar, disse o oficial: estavam todos autorizados a apanhar seus objetos de uso pessoal antes de sair.

Mais tarde, Luisito pilheriou com Benjamin:

— Quem disse que no fim ia dar tudo certo?

— É que ainda não chegamos ao fim — disse o velho.

solidão

Diva sofria e não se convencia. Como teriam sido os últimos instantes, os instantes finais de Luís Quintana, aquele a quem por timidez pouco disse do amor que lhe tinha, um amor que agora se confundia com a dor de um silêncio talvez definitivo?

Benjamin, consolador:

— Dizem que nos instantes finais uma pessoa pode rever toda a sua vida passada. Há quem diga que ela também é capaz de viver uma outra vida inteira em frações de segundo.

Diante do silêncio dela, prosseguiu:

— Em certos estados de espírito a vida cabe em uns poucos segundos. Você pode percorrê-la inteira antes que o ponteiro dos segundos dê meia volta no relógio. Ao mesmo tempo, você é capaz também de dizer o que se passa com você naquele instante mesmo. E nem sempre o que se passa com você está na ordem das coisas que compreendemos. Muitas vezes você pode estar em mais de uma dimensão do tempo. Pode, por exemplo, avançar e recuar no tempo. Dizem que em certas circunstâncias o tempo é uma matéria elástica, como um tecido muito leve que se contrai e se distende ao máximo, sem que se rompa.

"Pode-se apostar que essa mulher viveu sempre uma solidão silenciosa e rude", pensou o velho. Agora que a falta se instala, a solidão dobra de tamanho. Pensou em si mesmo, em sua solidão intrínseca, sem fraturas, sempre a mesma. Sofria menos que ela porque havia sido sempre assim para ele, e ele havia escolhido aquela maneira de viver. Havia acreditado em Rilke: "O que é necessário é uma grande solidão interior". Jamais encontrou motivo para arrependimento.

Poderia abrir mão de sua solidão agora? Renunciar à vida tranquila tanto quanto pode ser tranquila a vida de um celibatário que envelheceu em pobreza digna e, até onde se sabe, casta? Quem sabe. Admirava-se de haver criado vínculos tão fortes em tão pouco tempo. As coisas se haviam precipitado. Na rua é que não podia deixá-los. Além do mais, tinha se afeiçoado ao menino.

a casa

O próprio Benjamin providenciou o caminhão de mudanças. Diva, na sua dor lacerante, dificilmente o faria. Na última hora deram pela falta de Mambo. O gato angorá foi encontrado entre as folhagens do jardim espreitando uma borboleta azul. Quando o caminhão deu a partida e começou a se afastar, Diva lançou um olhar para trás, para aquela sua vida que terminava, e chorou baixinho.

— Chore — disse o velho. — Chorar faz bem.

E ao garoto:

— Você vai gostar. É uma casa maravilhosa. Reservei um quarto pra você e outro pra sua mãe. Comprei uma casinha pro Mambo. E o quintal tem espaço suficiente para um jardim ou mesmo um pomar, se alguém quiser se dar ao trabalho.

A casa tinha um aspecto de chácara e era a última de uma rua afastada, de terra. Recuada para os fundos de um grande terreno murado, mal era vista da rua. Gatos dormitavam à sombra de alfarrobeiras e jabuticabeiras. Um pouco acima ficava a casa do engenheiro. Abaixo era o campo aberto.

Podia-se dizer que a casa era um retrato do dono, também ele recuado para dentro de si mesmo e com um portão metafísico abrindo para as muitas janelas de sua habitação interior, onde não devia faltar também um pátio interno com o poço de roldana, atijolado, que lembrava o frescor dos pátios medievais do país de onde viera.

Na edícula dos fundos o velho instalou uma oficina de restauro e encadernação de livros. Diva e o menino teriam assim com que viver sem depender dele. Do lado oposto da casa ficavam o quarto do velho e sua "câmara secreta", como ele chamava o aposento onde escrevia, desenhava, traduzia e, segundo se dizia, conversava com os mortos. Disso não se falava às claras e era o que mais metia medo em Diva, se bem que, com o tempo, passou a representar para ela uma vívida esperança.

cartas e postais

Um dia chegou uma carta.
 Nela, Quintana se declarava vivo e bem de saúde. Estava longe de casa, mas tinha a esperança de voltar o quanto antes — tão logo as coisas se acalmassem. Nada dizia do acidente, nem de como fora possível escapar com vida. A carta não deixava pista de onde havia sido expedida (uma precaução natural, segundo o velho) nem constava do verso o nome do remetente. Quando muito, Quintana mencionava um lugar onde existiam acauãs e cacatuas. Nos dois selos, iguais, havia apenas os dizeres: Correio do Brasil. O carimbo estava apagado a ponto de não ser legível, mas a carta, de letra regular e bonita (Quintana se orgulhava dela), mostrava que ele tinha podido escrevê-la em paz, sem

pressa. O papel era bom, a tinta verde e a pena usada produzia um excelente sulco.

Nos primeiros dez meses chegaram doze cartas e oito postais. Eram cartas de amor — de um amor violento e nostálgico. Quando as cartas foram substituídas pelos postais, estes, ao contrário, deixavam vagos rastros dos locais por onde ele havia passado. A crer naquelas imagens, ele tinha saído do país. À medida que aumentava a distância de casa, sua prudência diminuía.

Nenhum postal foi enviado de um mesmo lugar. À falta de endereço, nem cartas nem postais foram respondidos. Sobretudo isso mortificava Diva. Era como ouvir os lamentos de um surdo-mudo por trás de cem paredes maciças. E manter os braços cruzados. Até que, um dia, ele de fato emudeceu.

Quintana jamais voltou para casa.

2

o Packard

— Ora, vá pro inferno! — disse Quintana à cacatua.

E recomeçou a andar.

Da distância lhe chegou outra vez o choro da acauã.

— Droga! — resmungou, como se a dolência daquele canto atraísse o mau agouro. Mas tratou de repelir a ideia. Por que não deveria acontecer exatamente o oposto? A estrada chegaria a algum lugar e ele se informaria.

Com efeito: um carro preto descia a colina sem levantar um grão de poeira. Veio vindo, chegou, parou. Um homem botou a cabeça para fora:

— Se vai pra esse lado, suba.

Subiu. Não era entendido em marcas antigas, mas ali estava um Packard Twin-Six em ótimo estado. O chofer estudou o céu claro e arriou a capota. Sorriu para Quintana como se fossem velhos conhecidos.

Rosto corado e cheio.

Quarenta anos, talvez menos.

O carro se pôs de novo em marcha. Parecia uma carruagem pequena. Quintana elogiou sua conservação. Declarou-se impressionado. Pneus de banda branca apenas um pouco mais largos que os de uma motocicleta, o vermelho-vivo das calotas combinando com o estofamento sem uma ranhura. "Eis aqui um desses que gastam fortunas para manter tais relíquias", pensou. O outro ficou feliz ao ouvir isso.

— Ah, é mesmo uma joia, não é? Tenho de reconhecer que sei cuidar dela. Fuma? Não? É o primeiro que encontro que não fuma.

Puxou um cachimbo, afofou o fumo com o polegar direito, extraiu do bolso do colete uma velha binga com jeito de nova. O homem tinha mesmo talento para conservar as coisas.

— E digo mais. Motor de doze cilindros. Duas linhas de seis. Para onde mesmo é que o senhor vai?

Quintana perguntou qual a cidade mais próxima. Não havia cidades num raio de 20 léguas, disse o chofer, mas se buscava uma cama onde descansar os ossos, tinha uma vila logo ali.

O terreno inclinou-se.

Começaram a descer.

Funes

A fita de asfalto serpeava agora entre depressões escarpadas que de longe, a quem desconhecesse o caminho, não era possível prever. Onde antes era o campo acidentado, mas contínuo, paredões de pedra se erguiam de cada lado formando gargantas tão estreitas, que nelas não cabia mais que um veículo. Por sorte não cruzaram com ninguém. E a descida era íngreme.

Quando por um instante o horizonte se abria, Quintana podia ver o desfiladeiro se quebrando na distância, a mesma sucessão de paredes de pedra, vegetação nenhuma, uma aroeira que fosse.

O chofer falou meia hora sobre as vantagens do Packard sobre o Ford T, depois suspirou:

— Pra baixo todo santo ajuda.

— E pra cima?
— Conto com os doze cilindros. Duas linhas de seis. Isso faz a diferença.

De vez em quando uma subida abrupta, mas logo a descida recomeçava, monótona, interminável. Quintana fechou os olhos. Desistiu de prestar atenção na paisagem e se deixou embalar pela maciez do carro. Era agradável. Não pensar em nada. Deixar-se ir. Esquecer.

Devia ter dormido. Quando voltou a si o carro estava parado num cotovelo da estrada, uma espécie de platô, como nesses anúncios de automóveis que exibem suas linhas do alto de um despenhadeiro. Os penhascos tinham ficado para trás.

a trilha

Adiante um extenso vale a perder de vista.
Aqui e ali retalhos de terra zebrada, uma colcha viva nas tonalidades verde, ocre e vermelho.
Plantações.
Várzeas.
Lezírias.
O chofer apontou com o queixo:
— É ali.
Quintana distinguiu um punhado de casas sufocadas entre árvores altas. Uma trilha corria até lá, no meio da vegetação rasteira.
— Eu iria com você, se não fosse um compromisso que tenho. Me esperam em Curvelo, compreende?

Procure Domitila. Pode falar em meu nome. A pensão não é das piores.

Estendeu a Quintana uma grande e pesada mão:
— Funes.

Quintana desceu e fechou com cuidado a porta do Packard.
— Obrigado, sr. Funes.

Desceu a rampa e enveredou pela trilha.

Domitila

Era uma mulher alta, de carnação farta e olhos vivos. Fez deslizar sobre o tampo da mesa um formulário. Nome completo, procedência, idade, estado civil, permanência prevista.

Quintana achou graça no último item, colocado ao pé da página, separado dos demais, como se fosse um apêndice: — "Acredita no que vê?".

— Isso deve ser brincadeira.

Domitila ficou séria:

— De jeito nenhum. Em todo caso, a resposta é opcional.

Quintana a examinou dos pés à cabeça antes de voltar à folha e escrever: "Eu acredito no que vejo".

Sorriu ao pensar que Benjamin, em vez disso, escreveria algo do tipo: "Eu acredito nos sonhos". Aquela mulher podia não ser um sonho mas, em compensação, era bastante real.

— Conhece o sr. Funes?

Voltou-lhe a expressão zombeteira:

— Já sei, Funes mandou o senhor para cá. Ele sempre me manda os perdidos deste e do outro mundo.

— Por que acha que estou perdido?

— Tem toda a aparência de estar. Mas isso é um modo de dizer. O senhor vai gostar daqui. Talvez até fique. Apanhou de volta o formulário, leu a última resposta e fez um hum-hum acompanhado de um movimento de cabeça que Quintana não soube interpretar na hora.

— Gostaria que ficasse?

Ouviu de volta um riso claro.

— Uns ficam, outros não. Cada um sabe onde lhe aperta o sapato. Vamos, dê uma volta por aí, veja o que tem pra ser visto e tente acreditar no que viu.

Quintana perguntou se encontraria trabalho no lugar. Ela respondeu que havia os arrozais dos chineses e a cervejaria dos alemães. Era tudo o que havia ali. Ultimamente estavam fazendo uma horrível cerveja de arroz, prova de que os alemães e os chineses nunca se entenderiam. Era uma questão de escolher: ou meter os pés no pântano ou ficar cheirando a lúpulo.

— Desde quando... esses chinos?

— Os alemães vieram antes.

Ao escurecer, saiu.

o bairro chinês

Deixou que os pés o levassem ao bairro chinês. Era madrugada já quando cambaleou de volta para a pensão. No quarto, descalçava os sapatos para se deitar quando na porta cresceu o vulto de Domitila.

— Viu o que esperava ver?

— O que pôde ser visto. Mas acredito no que vi.

Estirado na cama, de olhos postos nela, enumerou o que viu como se tirasse imagens de um sonho. Lanternas vermelhas acima das portas das casas. Uma mulher que saiu à calçada, e estudou o céu e tornou a entrar (seu quimono de seda malva contra a última luz do dia). Um pátio onde se dançava ao som de um gramofone. Muitos chineses, alguns alemães e até um negro havia ali. O modo como Quintana apoiou o ombro num piloti, sob um telhadilho de pontas repuxadas, e tentou passar despercebido. Um baile de época, uma festa à fantasia, dançavam o *charleston*. Por último uma garota vestida de melindrosa agitou suas franjas diante dele, exibiu uns dentes pequeninos e lhe ofereceu uma caneca de cerveja. Sentiu no palato o travo do arroz fermentado. "Não é tão ruim como falam", ele dissera à jovem. A melindrosa riu e se encarregou dele e não lhe deixou faltar cerveja até que ele sentiu o estômago revirar. — Sem dúvida, aquela gente vive intensamente o teatro que imagina — disse. Era tudo.

— Meu marido está naquela festa — disse. — Antes de amanhecer, não volta.

Abriu o roupão e mostrou sua nudez lunar, total, uma nudez de lua cheia.

mentiras

— Me fale de você — ela pediu.

Quintana falou de sua infância, do dia em que se perdeu na mata fechada e se abrigou da tempestade numa fazenda em ruínas. Naquela época, melhor que hoje, sabia distinguir a jandaia do apuim, a maritaca da maracanã. Falou do choro da acauã, de seu lamento alongado e triste. De sua amizade com um velho professor que acreditava em fantasmas, duendes, elfos e índigos. Do jardim de borboletas que construiu para as crianças do bairro, já que para as crianças de colo as borboletas são flores que voam. Falou disso e de muitas outras coisas durante uma hora inteira, fumando uns cigarros mentolados que Domitila lhe deu e dos quais logo enjoou, mas que nessa noite o ajudaram a se manter desperto.

Ela ouviu calada, depois disse:

— É maravilhoso.

E em seguida:

— Não me leve a mal. Eu também sou uma grande mentirosa. Menti a vida toda e continuo mentindo. Sei que nunca vou parar de mentir.

vida que segue

Quintana não demorou a saber em que tipo de casa estava. Havia julgado a casa menor do que era. A princípio não vira os dois anexos que se estendiam para o fundo, com um corredor central e quartos de cada lado. Daí os ruídos que de início o intrigaram, tirando-lhe o sono.

Deu de ombros: o quarto era ótimo e a roupa de cama, as cortinas e o tapete, tudo muito bem lavado e limpo.

Seis meses Quintana trabalhou com os chinos, plantando e colhendo arroz. Eram uma gente civilizada e cortês. Mas logo se cansou disso e temia desenvolver uma escoliose por ter de estar sempre curvado nos pântanos. E o salário era miserável. Com os

alemães trabalhou outros seis meses, no fim dos quais já não podia suportar o cheiro do lúpulo. Pena, pois gostava das polcas que os alemães cantavam à beira dos tonéis. E pagavam melhor. Mas sabia que não havia nascido nem para os pântanos nem para a linha de produção.
— Eu era livreiro antes de vir para cá.
Domitila:
— Por desgraça aqui ninguém lê. Eu mesma não leio. Mas tenho uma proposta a lhe fazer.
E depois de uma pausa:
— Trabalhe para mim.
Começou então para Quintana uma vida que ao fim da primeira semana reputou como a mais agradável de todas. Dormia às quatro da manhã e acordava às dez. A noite era uma festa e os dias passavam sem dificuldade. Fazia ali um pouco de tudo: pagava as contas, controlava o caixa, supervisionava a cozinha e o serviço de bar, enfim, garantia a eficiência do negócio. Mas sua principal tarefa era zelar pelo conforto dos clientes e manter o máximo de discrição. Praticamente toda a vila era useira e vezeira dos favores de Domitila. Era bem recebido em todas as casas e as mulheres gostavam dele, não se podendo dizer que os maridos desgostassem.
Nos dias de folga saía para pescar com o negro Tião.

o lema

Chegou a pensar que levaria aquela vida para sempre.

Adotou um lema — "Não olhe para trás" — que repetia para si mesmo toda noite, ao deitar, procurando reprimir o fluxo de lembranças. Jurou esquecer as preocupações passadas, para não dizer toda a sua vida passada, e renunciar a qualquer expectativa que não fosse a do minuto seguinte.

Às vezes, em algum farrapo de sonho, voltavam-lhe recordações d'*O Livro Azul* e do jardim de borboletas. Mas, de manhã, ele varria tudo isso da cabeça.

o encontro

No mercado das pulgas, Quintana viu surgir do nada um homem que conhecia do tempo da empresa de serviços gráficos. Era um comerciante de bebidas que uma vez por ano lhe encomendava a impressão de um certo número de talonários de nota fiscal. Quando tentou se esquivar dele, já era tarde: o homem fez um movimento de quem busca se orientar num lugar que conhece mal, traçou uma curva inesperada no calçamento cheio de gente e veio exatamente em sua direção. Ao topar com Quintana, exclamou:

— Não morre mais!
— Dr. Lucas Moreno?
— Isso mesmo. Estava pensando no senhor agorinha mesmo.

Explicou-se: desde que Quintana deixou o negócio de serviços gráficos, nunca mais ele teve talonários tão bem impressos e tão bonitos. Era uma vergonha sair por aí com talonários borrados nas margens e apresentação gráfica chinfrim. E pousando a mão levíssima no ombro de Quintana:

— Estou assombrado por encontrar o senhor aqui. Sabia que é dado como morto?

Paralisado e colado à mica do calçamento, Quintana demorou a encontrar uma resposta que, sendo em parte mentira, pudesse convencer com seu grãozinho de verdade. Disse que, tendo falido, optara por se retirar com o fim de recapitalizar-se e pagar suas dívidas quando voltasse. O comerciante o encarou com simpatia (talvez com pena) e respondeu que ele fizera o certo. Se fosse Quintana, disse, teria feito o mesmo. Lá é que ele não se arranjaria de jeito nenhum. A coisa ia de mal a pior. Seus próprios negócios não andavam bem. Havia um empobrecimento geral.

— Tempos bicudos — concluiu.

Haveria muito o que perguntar a Lucas Moreno (a começar por Diva e o menino), mas a surpresa e o constrangimento do encontro bloquearam sua glote. A custo conseguiu indagar para onde ia.

— Para o Norte — respondeu o comerciante.

No dia seguinte, Quintana juntou seus trecos e partiu para o Sul.

o adeus

Negro Tião o levou na sua carroça até a estrada. No caminho, disse a Quintana que entendia mas não via razão para partida tão repentina. Esquisito aquilo. Todos se iam um dia, mas não tão depressa, que não pudessem cumprir os *protocolos da amizade*.

— Ou do amor — emendou o negro piscando um olho para Quintana.

Eram, com pequena variação, as palavras que ouvira de Domitila quando ele anunciou sua mudança de planos. Depois de abraçá-lo e chorar no seu ombro, ela não quis vê-lo partir. Recuou para o interior da casa, e ao dobrar o corredor voltou para ele um rosto de criança ludibriada e ferida, um rosto que daquela angulação lhe pareceu desconhecido, mas talvez fosse efeito da luz matinal que vazava das cortinas claras.

Pela primeira vez teve um vislumbre do que se passava dentro dela. Imaginou suas noites silenciadas, os sentimentos não ditos, a laceração das esperanças. Teve pena, mas não estava em situação de voltar atrás.

— Seja como for — disse Tião —, a colônia não vai esquecer você.

— Que colônia?

— A colônia penal.

Também era a primeira vez que Quintana ouvia aquela expressão aplicada à vila. Colônia penal. Foi preciso o negro jurar: a colônia existia desde sempre. Uns ficavam mais, outros menos, e ainda outros permaneciam a vida inteira. Mas como, se nunca vira ali um muro, uma cerca, sequer um posto de guarda? O negro riu.

— Para quê? Que eu saiba, este é um país livre.

Um país de consciências livres? Não tinha tanta certeza, mas era o que Tião talvez quisesse dizer. Ou quem sabe o sentido fosse outro: o livre país da consciência, cabendo a cada um descobrir os limites de sua liberdade. De qualquer modo, sentiu que num ponto o negro tinha razão: ele mal começava a compreender os códigos daquela gente e já batia em retirada. Mas se havia algo de prematuro naquele adeus, a culpa não era dele, mas da fatalidade de haver encontrado no seu caminho uma ameaça real. Uma ameaça à liberdade da qual não pretendia abrir mão. Se não queria olhar para trás, é que estava louco para saber o que havia adiante. Isto era um sentimento novo nele, e estava gostando.

— Prometo voltar.

— Se tiver de voltar, voltará — disse o negro.

Quintana sonha

Caminhou horas sem ver ninguém, salvo dois charreteiros que vinham em sentidos opostos, se encontraram e embrenharam-se juntos numa estrada secundária. Atravessou uma ponte de madeira e parou para descansar à sombra de uma árvore copada. Baixou a bolsa do ombro (era toda a bagagem que levava) e estirou-se na relva.

Adormeceu e viu-se na oficina de um alquimista que usava um cardigã surrado e um barrete forrado de estrelas. O alquimista trabalhava em sua retorta e fazia uma demonstração sumária das cinco fases do processo alquímico. No fim da quinta fase, a da conjunção dos materiais, disse: "Agora pegue aquela pedra e traga aqui". Quintana foi até uma bancada de madeira e apanhou uma pedra chata onde estava gravada uma mandala multicor com uns hieróglifos na base. "Leia o que está escrito na pedra", mandou o alquimista. Quintana se esforçou, mas foi incapaz de compreender qualquer coisa. "Não faz mal", disse o alquimista, "tudo tem seu tempo". Ao observar de perto a fisionomia do alquimista, Quintana descobriu que era Benjamin que estava por baixo do cardigã e do barrete. O velho dizia a Quintana que procurasse Richard Wilhelm: ele teria a solução para seus problemas. A solução estaria numa frase d'*O Segredo da Flor de Ouro*. Uma citação. "É preciso descobrir a página em que a citação aparece", disse o velho. Quintana ia dizer a Benjamin o quanto se alegrava por vê-lo, mas o sonho mudou de curso e agora, em vez do velho, era Sulamita que estava diante dele. Uma Sulamita ainda jovem e com um vestido azul cavado na coxa direita, como na noite de seu baile de formatura. O cenário também mudou: estavam na sala da casa dos pais dela, uma casa do interior, com um Coração de Jesus na parede e maçãs vermelhas na fruteira. Ela o abraçou forte, chorou em seu ombro e disse: "Quero que saiba que ainda amo você".

Acordou perturbado. Para quem sonhava tão pouco e raramente se lembrava de seus sonhos, estava sonhando muito ultimamente. Levantou-se, sacudiu a cabeça lanosa como para espantar aquelas imagens e voltou para a estrada. Recomeçou a andar. Achou que escurecia depressa. Já planejava pedir pernoite na primeira porta que visse (até ali não vira nenhuma) quando ouviu barulho de motor. Depois não ouviu mais nada e chegou a pensar que tivesse imaginado coisas. Mesmo assim, voltou-se. Deu com um carro a alguns metros dele. Vinha tão silencioso, que era como se quisesse surpreendê-lo por trás. Reconheceu o Packard e em seguida a cara balofa de Funes.

— Vejo que está de novo na estrada — disse Funes. Para onde está indo agora?

— Para o Sul — respondeu Quintana.

— Tem sorte. Também vou pra lá.

o cartaz

Pernoitaram num hotel de lambris vermelhos. Ali, a primeira coisa que chamou a atenção de Quintana foi um cartaz afixado numa parede do saguão. Anunciava uma conferência para dali a dois dias no Centro de Estudos do Homem, Rua dos Pássaros 1240, salão escarlate.

WOLFGANG GOETHE E LAO NAI-HSUAN:
O ENCONTRO DE DUAS CULTURAS

Embaixo vinha o nome do conferencista, Dr. Richard Wilhelm, "tradutor, sinólogo"; e mais embaixo ainda vinha o nome do Conde Keyserling, "filósofo e fundador da Escola da Sabedoria", mediador do debate.

Ao ler isto Quintana temeu que tudo à sua volta — o saguão de lambris vermelhos, o hotel, o cartaz na parede — pertencesse ainda ao domínio do sonho que teve sob a árvore copada, mas que logo despertaria para continuar sua viagem. Atinou, por fim, que nos últimos tempos (não sabia precisar desde quando) sua vida vinha ganhando uma tonalidade cada vez mais onírica, com as coisas ditas reais, mesmo as mais rudes, cada vez mais aparentadas ao sonho. A ponto de ele já não se importar se devia levá-las tão a sério ou não, uma vez que, dormindo ou acordado, elas continuariam a valer o que valem.

A cidade era maior do que Quintana imaginara — do alto da colina, ela surgiu luminosa como um céu estrelado — e àquela hora da noite estava completamente deserta. Vigorava um toque de recolher às dez, explicou o gerente do hotel, um alemão chamado Werner. Os chineses gostavam de ordem, e ordem era o que menos havia naqueles tempos, disse Werner. A todo momento podia-se cruzar com tropas nas estradas e avenidas principais.

Na manhã seguinte, ao abrir a janela de seu quarto, Quintana deparou com um intenso tráfego de bicicletas, carroças e riquixás.

— Eu fazia outra ideia de Monlevade — disse a Funes.

Funes riu. Monlevade havia muito ficara para trás. A esta cidade espaçosa e turbulenta os chineses chamavam Tsingtao.

chineses

O tumulto humano nas ruas, as igrejas cristãs em meio aos pagodes de teto curvo, as velhas fachadas alemãs, os pátios largos e sombreados, tudo isso intrigou Quintana. Minas tinha mudado muito, e mesmo admitindo-se que mudanças são possíveis em qualquer lugar, até mesmo em Minas, o que mais lhe custava crer era na visão deslumbrante do porto, com o mar avançando por entre as falésias e, na linha do horizonte, aqueles grupos de ilhas com jeito de paradisíacas. No arco da baía, altas montanhas como uma caravana de camelos.

Um pescador que recolhia as velas de seu barco explicou-lhe que a baía estava juncada de ilhas, algumas delas invisíveis e, conforme antigas lendas,

habitadas por seres imortais. Durante a dinastia Qin, dois mil e duzentos anos atrás, o imperador mandou uma frota procurar por elas.
— E encontrou?
— Não.
Gostaria de ter esclarecido certas coisas com Funes, já que ele se sentia tão à vontade naquele mundo novo, mas Funes tinha negócios a resolver e partira logo cedo. Se tivesse prestado mais atenção nas arengas de Benjamin, talvez pudesse agora tirar conclusões por si mesmo. Nessas circunstâncias, era melhor não fazer perguntas. Nem mesmo a Werner.

A respeito de Wilhelm e do Conde Keyserling, Werner não podia ajudar muito, "por não ter cultura suficiente" — ele próprio admitiu — mas disse que os alemães, além de realmente viverem um bocado, também costumavam passar suas artes e ofícios à geração seguinte, assim como os chineses tinham o hábito milenar de legar aos filhos seus códices espirituais. Quanto ao Conde Keyserling, jamais se hospedaria num hotel como aquele; era um homem rico e conhecido em toda a Alemanha, para não dizer na Europa inteira. Jung frequentava sua Escola da Sabedoria em Darmstadt.

a conferência

A Rua dos Pássaros é comprida e estreita. Estreita como uma trilha. Comprida a perder de vista. Antigamente era o começo da estrada para Lhasa, explicou o porteiro do Centro de Estudos do Homem. "De Minas a Lhasa deve ser um estirão", pensou Quintana. O porteiro, um europeu alto e de maneiras aristocráticas, usava luvas brancas e um traje chinês também branco. Quintana sentou-se na última fila do chamado Salão Escarlate. As poltronas eram vermelhas. O teatro era imenso, Quintana calculou umas mil e duzentas pessoas lá dentro, os chineses ocupando metade do salão, os alemães a outra metade. No centro da mesa um homem falava: era o Conde Keyserling. Lembrava o Mefisto, de Gustave Doré. À sua esquerda sentava-se Lao Nai-Hsuan, o sábio confuciano que colaborou com Wilhelm na tradução do *I Ching* — *O Livro das Mutações*. Só faltava mesmo o seu contraponto histórico, Goethe, a crer no cartaz. No outro lado da mesa Wilhelm sorria enigmaticamente, o rosto glabro e como que talhado a canivete, a risca do cabelo alinhada com o olho esquerdo.

Encerrada a conferência, respondidas as perguntas do público, Quintana foi ter com Wilhelm nos camarins. Encontrou-o sentado numa cadeira de palhinha enxugando a testa com um lenço de cânhamo. O Conde Keyserling e o sábio chinês conversavam discretamente por perto, de pé.

— Sente-se — disse Wilhelm.

Foi direto ao assunto. Sua vida virada do avesso. A família infeliz, a falta de sorte, o círculo vicioso, enroscos aparentemente incontornáveis. Contudo, tinha tido um sonho. Não que acreditasse em sonhos, mas o fato é que o sonho lhe dissera que em algum lugar haveria uma solução, algo como uma combinação de caligramas, um chave semântica.

— Uma chave? Onde?

— Ao que parece, na sua tradução d'*O Segredo da Flor de Ouro*. O manuscrito que o senhor enviou ao Dr. Jung.

Wilhelm fixou Quintana:

— Carl Jung? Mas esse manuscrito ainda não existe!

— Não existe?

— Não. Pretendo me dedicar a ele somente no próximo ano. Mas como é que tem conhecimento disso? O senhor diz que não acredita em sonhos. E me vem com uma enormidade dessas?

Interessou-se, pediu que Quintana lhe contasse o sonho inteiro. O homem do cardigã, a retorta, a pedra, a mandala, os hieróglifos. A pedra, disse Wilhelm, era evidentemente a tábua de esmeraldas, ou seja, a pedra sepulcral de Hermes Trismegisto, protetor dos viajantes, deus das estradas. Em cuja base está escrito:

*O QUE ESTÁ EM CIMA É IGUAL
AO QUE ESTÁ EMBAIXO.
O QUE ESTÁ EMBAIXO É IGUAL
AO QUE ESTÁ EM CIMA.*

Sim, obviamente estudaria o caso. Passou a Quintana um cartão com um endereço na Alemanha. Ia passar uma temporada com o Conde Keyserling em Darmstadt. Daria um ciclo de palestras na Escola da Sabedoria e também ia ver médicos; precisava cuidar da saúde. Talvez visitasse o Dr. Jung em Zurique.

— Me escreva — disse.

Na rua, Quintana teve um sobressalto ao pensar como é que podia ter compreendido aquele homem se não sabia uma palavra de alemão. Depois se lembrou de que havia acompanhado toda a conferência e até refletido a respeito do que ali se dizia (dormitando um pouco, é verdade, pois não tinha verdadeiro interesse no assunto), e por alguma razão saiu convencido de que alemães e chineses jamais se entenderiam. Os mineiros, obviamente, não estavam fadados a entender nem uns nem outros.

"A rigor", pensou, "homem nenhum entende outro homem".

o ebó

Quintana jamais escreveu a Wilhelm. Com o passar do tempo, o esforço parecia não valer a pena. Não olhe para trás, ele se dizia sempre que era fustigado pelas dúvidas. Embarcou num trem e contornou as montanhas que lembravam uma caravana de camelos. O mar desapareceu e agora, contra as nuvens nimbadas que pareciam carneiros em fuga, de vez em quando passava um bando de acauãs. Desembarcou numa cidade onde havia uma praça larga e uma igreja com escadarias de pedra. Com o vento forte lhe dando nas costelas, deixou-se empurrar e chegou à igreja. Ouviu gritos às suas costas. Voltou-se e viu um homem alto e maciço, um teuto com uma criança disforme nos ombros. Vociferava contra a criança, cuja angústia se concentrava toda no contorcido do rosto e nas mãozinhas tensas que se agarravam à cabeça do homem para evitar ser projetada ao chão.

— Estou cheio de andar para baixo e para cima com você nas costas. Agora chega!

E ao dizer isso, curvou-se bruscamente sobre a escadaria da igreja e fez deslizar para os degraus de pedra o ser diminuto e compungido que relutava em se separar dele, mas que finalmente cedeu àquela violência que parecia vir de um cansaço genuíno. Liberto de seu fardo, o alemão virou-lhe as costas imediatamente e se afastou. Só aí Quintana se deu conta de que não era uma criança o ser que fora abandonado na escada, mas um chinês adulto e como que enrodilhado em si mesmo, incapaz de ficar de pé e medindo talvez meio metro. Sua boca era um rasgo horrendo, e os olhos, não tão cerrados como os da maioria dos chineses, marejavam.

— Não é a primeira vez que ele procede assim comigo — choramingou o chinês —, mas acho que esta é a última. Ah, Wilhelm... E para completar minha desgraça, estou morto de fome.

— Aquele é Richard Wilhelm?

— Sim.

— Não se parece nada com o homem que eu conheci na conferência.

— Esse é o problema dele. Ao mudar constantemente de humor, muda também de fisionomia.

Ao ouvi-lo chorar e murmurar entre engasgos algo como "e...bóóó, e...bóóó", Quintana apanhou o chinesinho com as duas mãos e guindou-o à altura de seus ombros. "Vamos", disse. O ser calou-se e enlaçou sua cabeça como se lançasse tenazes. A partir daí Quintana passou a chamá-lo por esse nome: ebó. O ser não se opôs:

— Melhor que Djin, melhor que Morlock, talvez melhor que Odradek. E muito melhor que Golem.

Vagamente intuindo que o chinês recitava um compêndio de seres imaginários, achou que ebó era um nome perfeitamente digno para espécime tão desgracioso. "Mas afinal, sempre será uma companhia", tornou a pensar ele, que já começava a se sentir sozinho.

conversa com o ebó

Chegaram a uma cidade onde os dias eram longos e as noites curtíssimas. Uma praça. No centro uma fonte de onde partiam oito caminhos radiais.

Quintana depôs o ebó numa pedra e sentou-se a seu lado. Suspirou. Não escapou ao ebó a melancolia que varreu seu rosto. Quis saber o que era.

— Eu mesmo não sei — disse Quintana.

O sol parecia muito alto e emitia uma luz difusa, e o ebó quase não produzia sombra.

— Que fazia antes?
— Antes do quê?
— Antes do desfiladeiro.
— Como sabe do desfiladeiro?

O ebó não respondeu. Apenas repetiu a pergunta: que fazia antes do desfiladeiro?

— Negócio de livros.

— Pois volte a fazer o que sabe. Diz o *Livro do Castelo Amarelo*: "No terreno de uma polegada se pode organizar uma vida inteira".

Quintana queixou-se de falta de sorte. Falta de sorte ou de aptidão para ganhar a vida, disse, quanto mais para impor ordem ao caos em que sempre viveu. Se havia nele uma certa nostalgia da ordem, era porque a ordem se mostrava esquiva, inacessível para ele. Daí seus fracassos. Daí aquela fuga tresloucada por uma Minas que ele já não reconhecia.

O ebó balançou a cabeça.

— Mas as coisas têm corrido fácil para você ultimamente. Ou não se dá conta disso? A própria vida se encarregou de cuidar de você.

Pensando bem, o ebó tinha alguma razão. Com uma ressalva: em vez de pesar 30 quilos, seria preferível que ele pesasse 15 ou no máximo 20. Começava a entender a impaciência de Wilhelm. Como era possível acreditar naquilo? Era possível não acreditar no que via? Como que adivinhando seus pensamentos, o ebó disse, rindo:

— Os peixes vivem na água e não veem a água; os homens vivem no ar e não veem o ar.

E saltou de volta aos ombros de Quintana, dando-lhe tapinhas no alto da cabeça como quem instiga um cavalo a se pôr de novo em marcha.

o gato

Ao descerem uma rua de uma cidade juncada de minaretes, Quintana ia virar à esquerda, na direção da mesquita, quando o ebó, encarapitado às suas costas, mandou que ele tomasse a direita.

— Mas não disse que queria conhecer a mesquita?
— Mudei de ideia. Siga aquele gato.
— Que gato?

Por trás de uma moita de mastruço surgiu um gato preto. Caminhava devagar alguns metros à frente deles. Atravessou a rua e enveredou por um pátio de tijolos. Uma onda de nostalgia invadiu Quintana. O gato era extraordinariamente parecido com Mambo. A mesma andadura preguiçosa, as manchas brancas nas patas traseiras, o dorso ligeiramente curvo, a cauda um penacho de raposa. Atrás do gato, eles cruzaram o pátio e tomaram uma viela de paredes caiadas e tetos de alvenaria. Dois operários faziam um reparo no calçamento.

De repente, como um menino travesso, o ebó saltou dos ombros de Quintana e passou a perseguir o gato de perto. Agora era capaz de andar. Ou porque se assustou, ou porque aquele era o seu trajeto, o gato desapareceu por trás de um muro, não escalando ou contornando o muro, mas simplesmente passando através dele.

— Viu isso?

O ebó sorriu.

— Vi. Esses gatos são espertos.

Não satisfeito, Quintana quis conferir o local por onde o gato tinha passado. Havia uma fenda, mas estreita demais para caber nela até mesmo um rato. Além do mais, não chegava a transfixar o muro. Num impulso, Quintana se apoderou de uma picareta dos operários, largada ali no chão, e começou a golpear o muro com violência até abrir nele um buraco grande por onde agora dava para passar vários gatos e até uma raposa.

Do outro lado descortinou-se um quintal com mamoeiros e um varal de roupas. Lençóis secavam ao sol, todos com pequenas luas azuis estampadas, curvas e finas como cimitarras. Uma mulher surgiu e ergueu para Quintana seus grandes olhos melancólicos.

a casa de nuvens

A mulher revolveu-se na cama:

— Me fale de você.

Ele falou do desfiladeiro e dos pneus de banda branca do Packard Twin-Six, mencionando o sr. Funes como um homem que estava sempre em movimento (como os caixeiros de sua infância). Falou das várzeas e lezírias que se estendiam pelos vales daquela Minas que ele já não reconhecia, como colchas vivas nas tonalidades verde, ocre e vermelho e de suas colônias de chineses e alemães. Dos arrozais que se perdiam de vista, de como se chapinhava na água na época da colheita e do cheiro de lúpulo da fábrica de cerveja de arroz dos alemães. Da melindrosa que agitou suas franjas e exibiu para ele uns dentes pequeninos. Do sonho com a tábua de esmeraldas e do que nela estava escrito. Do encontro com o ebó e de como o ebó vinha pesando cada vez mais com o passar do tempo, sem que propriamente crescesse ou engordasse. Ao contrário, o ebó não passava de um saco de ossos.

Falou disso e de muitas outras coisas durante uma hora inteira, fumando uns cigarros mentolados que havia trazido da colônia penal, o que o ajudou a se manter desperto.

— E seu marido. Onde está?
— Partiu.
— Pra onde?
— Teve de ir.

No dia seguinte Quintana tapou o buraco do muro e pintou-o na cor nimbada das nuvens por onde corriam as acauãs. Depois, para que a casa não ficasse mal perante o muro, pintou-a por dentro e por fora. E passou a chamá-la a casa de nuvens. Num outro dia explorou o porão e se surpreendeu ao encontrar, arranjados em caixas, os livros que o marido deixara para trás. Soube então que ele era um professor que se desiludira da vida naquela cidade e, consequentemente, também da vida em família. Quintana calculou por alto que havia ali perto de três mil livros.

livros

Na semana seguinte Quintana dedicou as manhãs a construir um jardim de borboletas na pracinha próxima. As pessoas vinham ver e logo se acostumaram com a presença daquele homem alto e magro cavando o chão e chegando terra às raízes. No fim de algum tempo teriam sentido sua ausência, se partisse. Sobretudo as crianças. Possivelmente também as borboletas.

Com os três mil livros e o incitamento do ebó, Quintana recomeçou o negócio de usados. Diariamente chegavam mais livros que as pessoas descartavam depois de ler. O ebó revelou-se um excelente comprador de livros. A mulher ajudava quando podia, mas tinha muito o que fazer em casa, e quando eles voltavam, à noite, o jantar estava na mesa e as camas com lençóis limpos e levemente cheirando a sândalo. Quintana construiu uma carriola de madeira para o transporte de livros. O ebó ia e vinha no alto das colunas de livros, enquanto ele empurrava a traquitana. Parecia uma barca. Na cornija do porão uma placa foi afixada, *O Livro Azul*, pois Quintana começava a gostar da sensação de repetição e de continuidade das coisas, como naquele laço de Moebius de que falava Benjamin.

Uma diferença Quintana logo notou em relação à loja anterior. Se antes os livros datavam de 20 ou 30 anos atrás, aqui a distância era maior: de 60 a 90 anos, às vezes um século inteiro. Isso não queria dizer que seu estado de conservação fosse pior. As pessoas daquele lugar sabiam conservar os seus livros. Muitos tinham sido escritos pelas próprias pessoas que agora se descartavam deles. Iam para uma seção própria, pois se tratava de autobiografias, diários e relatos do cotidiano pessoal. Havia prosperado naquela gente o hábito de relatar suas próprias vidas, desenvolvendo-se, em paralelo, uma verdadeira obsessão por conhecer a história alheia. Era frequente o cliente chegar ao balcão e dizer logo o tipo de narrativa que procurava: a crônica de um bombeiro, o relato das experiências de uma prostituta ou os aforismos de um professor de aldeia. Outros preferiam as confissões de criminosos, mais raramente as dos santos. Eram muito disputados os diários íntimos de camareiras e empregadas domésticas, sobretudo se eram feias e deserdadas da estima dos patrões.

Quintana estimulou o ebó a escrever o seu, mas o chinês argumentou que toda a sua vida já estava escrita, em detalhes, nas *Memórias Ântumas do Guerreiro de Terracota*. E quando Quintana disse que então precisava ler esse livro, o ebó retrucou que isso era impossível, pois todos os exemplares haviam sido confiscados e queimados a mando do general Xiang Yu depois da morte do imperador Qin Shihuang em 215 a.C.

a mesquita

Para apanhar uma bola que lhe escapara das mãos, um menino invadiu o gramado de uma legação colonial. No gramado, uma tabuleta onde se lia: "Proibida a entrada de cães e árabes". Mehmet, apesar de seus 12 anos, era analfabeto. Ao ver aquilo, um sentinela disse ao outro: "Veja como se caça uma lebre". E atirou no garoto com seu fuzil Lee-Enfield de pólvora nitroglicérica, abatendo-o no momento exato em que ele se curvou para alcançar a bola.

Era uma hora movimentada do dia, muita gente se dirigia à mesquita do bairro, que se dizia ser a menor e a mais linda mesquita do mundo, por seu interior de um azul diáfano. Revoltado, um grupo de árabes entrou no pátio da legação e por pouco o porteiro não conseguiu fechar a tempo as pesadas portas de mogno. Os sentinelas abriram fogo contra a turba e entraram pela única janela que restava aberta.

O quartel foi avisado e a soldadesca veio logo. Os árabes foram surpreendidos pelas costas ainda no terreno da legação. Os que não tombaram na escadaria fugiram em tropelia e foram caçados nas ruas labirínticas em torno da legação. Quintana, que havia saído para um passeio com o ebó às costas, não tinha a menor ideia do que se passava quando viu um grupo de jovens árabes surgir do nada. O grupo dobrou a esquina com toda a força das pernas e se refugiou no interior da pequena mesquita que se dizia ser a mais linda do mundo. Imobilizados atrás de um portal, Quintana e o ebó primeiro ouviram, depois viram irromper a cavalaria. A infantaria veio em seguida. Logo que a cavalaria se deu conta de que os árabes tinham se refugiado na mesquita, a infantaria arrastou para lá um canhão de 18 libras e apontou seu cano de 84 milímetros para a fachada.

O primeiro tiro pôs abaixo uma das torres. Treze minutos depois, ruiu fragorosamente a outra torre. Novelos de fumaça e pó subiram para o céu. Depois fizeram voar a porta, cujos motivos requintados reproduziam as taças bizantinas do Três de Copas, uma das 52 cartas do baralho *mamluk*. Em seguida começaram a mirar sistematicamente os pontos baixos da mesquita, com intervalos de meio minuto, que era o tempo necessário para se recarregar o canhão. Em pouco tempo a mesquita virou um monte de escombros.

— Isso é mais do que eu posso suportar — disse o ebó. — Me dá náuseas. Por favor, me leve para casa. Quero dormir e voltar ao estado de inconsciência de onde nunca deveria ter saído.

Quintana despertou da estupefação em que se achava e correu para casa com o ebó às costas.

cotidiano

Era uma história de violência e humilhações, a história daquela cidade, mas Quintana tratou de seguir os conselhos do ebó.

Não se envolver.

Manter-se fora dos acontecimentos.

Viver para dentro.

Isso parecia possível. Portanto, seu mundo agora era o dos raros clientes que apareciam n'*O Livro Azul*, em geral nas primeiras horas do dia ou quando as sombras principiavam a encobrir os telhados das mesquitas. Então eles se esgueiravam pelas medinas e vinham folhear aqueles livros de uma outra época, relatos de cotidianos já mortos e apesar disso redivivos nos olhos daqueles leitores famintos de experiências humanas capazes de iluminar sua própria experiência.

Durante algum tempo Quintana manteve essa rotina: da casa para o sebo e do sebo para casa, onde o esperava a mulher de olhos melancólicos e, na mesa, sobre a toalha de tule, uma terrina de sopa quente e olorosa, com uma leve camada de orégano boiando por sobre a pele dos tomates cozidos.

— Pela concentração dos pensamentos se pode voar, pela concentração dos desejos a tendência é cair, dizia o ebó de olhos ávidos e não sem um certo cinismo enquanto mergulhava um pedaço de pão no prato fumegante.

Quintana fingia irritar-se, mas na verdade adorava aquela hora do dia e a falação do ebó.

— Ora, diga algo menos chinês.

A mulher sorria por trás do xador. Lá fora percutia um ou outro tiro de mosquete ou soava uma sirene rouca, um tropel de cavalos ou o canto de um muezim, mas era um mundo distante aquele, do qual não tomavam conhecimento.

Na noite que antecedeu o massacre Quintana sonhou que seus credores o tinham localizado e que era preciso recomeçar a fuga.

coturnos

Vindo da rua, um árabe jovem de camisa aberta entrou correndo n'*O Livro Azul* e desapareceu por trás das estantes de diários de viagem. Segundos depois surgiram três soldados coloniais, depois outros três, muito apressados e nenhum pedindo licença para entrar. Vasculharam toda a loja, entrando e saindo dos corredores estreitos formados pelo labirinto de estantes, cruzando-se e atropelando-se entre elas, ao ponto de terem esbarrado e posto abaixo a seção dos portugueses.

O barulho foi o de um muro ruindo.

Não encontrando ninguém lá dentro — não havia cliente algum àquela hora — derrubaram todas as estantes e pisotearam os livros com seus pesados coturnos cujos cadarços vermelhos luziam como um braseiro fino quando a barra de suas calças se levantava. "Belos cadarços", foi tudo o que Quintana conseguiu pensar enquanto *O Livro Azul* era arrasado.

Furiosos, agarraram Quintana pelo casaco e quiseram forçá-lo a admitir que havia ocultado o árabe, insinuando que o árabe era seu protegido, filho ou amante, e fosse lá o que fosse ele estava acoitando um assassino.

— Ouvimos dizer que também construiu um jardim — disse um soldado.

— Sim — respondeu Quintana —, um jardim de borboletas.

Os soldados riram-se de pura raiva e dois deles foram até a pracinha e destruíram o jardim a golpes de baioneta e com o solado dos coturnos.

Aconteceu então que um dos que haviam permanecido na livraria, passeando pelos monturos de livros arruinados ou desconjuntados e talvez imaginando alguma outra maldade suplementar, viu pela fresta da janela o jovem árabe correndo rua afora. Correram todos naquela direção e o apanharam logo adiante.

Quintana trancou-se dentro da loja e não saiu antes do escurecer. Deitou-se sobre um amontoado de livros, tentando imaginar que seção estava sob suas espáduas, se a polonesa ou a argentina, e que espécie de rumor antigo emanava daquelas páginas que antes de serem escritas tiveram de ser vividas. Exausto, adormeceu.

Quando saiu, viu destruição por toda parte. Havia cadáveres nas ruas e línguas de fogo emergiam dos latões de lixo.

O bairro estava deserto.

fuga

Encontrou calcinada a casa de nuvens.

No pomar só restara de pé um único mamoeiro cujas folhas murchas tombavam como braços paralisados pelo medo. O silêncio só era quebrado pelas rajadas que crepitavam em algum ponto da cidade. Mas não se via ninguém.

Voltou para a rua e ganhou a estrada. Cruzou com filas e mais filas de pessoas que abandonavam suas casas e deixavam a cidade. Levavam o que podiam em grandes cestos amarrados sobre o lombo de alimárias ou cruzados nos próprios ombros. Havia também um longo cortejo de bicicletas. Mas a tudo isto sobrepunham-se o rumor das alpercatas e o farfalhar das burcas. Estudou cada rosto e não reconheceu nenhum. Em cada olhar perpassava uma sombra de terror e medo.

Alguns enveredavam pelo campo e se perdiam entre as árvores. Temiam o que depois aconteceu: a atropelada da cavalaria e da infantaria em busca de rebeldes em fuga. Correria, gritos, luta desigual em campo aberto, o pó da estrada tingindo-se de vermelho com o sangue de mortos e feridos. A cada ataque Quintana atirava-se para trás das moitas e espreitava até que a confusão passasse. Quando se viu por um momento fora do alcance dos atiradores, disparou a correr entre a vegetação, cruzou um rio, subiu uma rampa e alcançou uma estrada de terra.

a volta

Um Packard Twin-Six surgiu do nada.
— Se vai para o Norte, entre!
Funes!
Subiu, sentou-se ao lado de Funes e só então pressentiu a presença de outros passageiros. No banco de trás, muda, atônita, viu a mulher de olhos melancólicos. A seu lado, o ebó com o angorá no colo.

buritis

— No Sul as noites são mais longas — disse Funes ao cruzarem uma ponte e depois um túnel semidestruído.

Quando o túnel chegou ao fim eles foram despejados numa manhã clara onde a paisagem se derretia sob o peso de uma luz profusa e intensa. Plantações, lezírias, retalhos de terra zebrada. Como uma grande colcha de quadrados e retângulos em verde, ocre e vermelho.

Adiante o vale a perder de vista.

Quando o vale ficou para trás surgiu uma cadeia de penhascos. Começaram a subir. Paredões de pedra se erguiam de cada lado da estrada, formando às vezes gargantas tão estreitas, que nelas não cabia mais que um veículo. Por sorte não cruzaram com ninguém. De vez em quando uma descida abrupta, mas logo a subida recomeçava, interminável, monótona.

Quintana fechou os olhos, abandonando-se ao balanço do carro. Agradável. Não pensar em nada. Deixar-se ir. Esquecer. O Packard gemia. Quintana temeu que não chegasse ao topo. Funes riu.

— Doze cilindros, duas linhas de seis. Não se esqueça.

No topo o Packard se endireitou e colocou-se em linha com o planalto. De ambos os lados da estrada abriu-se uma várzea de buritis.

Agora era o campo aberto, mangueiras altas e esparsas, moitas de estrelítzias, coroas de pau-ferro.

Ao longe uma árvore solitária em forma de taça.

o baile

Salgueiros.
 Mais buritis. — Mundo velho sem porteira. Esses Gerais vão longe — disse Funes. — Eita!
 Uma ave gemeu na distância. Quintana estremeceu. Será a acauã? O vento bateu nas folhas dos buritis e houve um farfalhar como de saias rodadas num galpão de baile. Depois surgiu a casa abandonada e o que ainda restava do viveiro de pássaros.
 Por um curto momento, até os foles da sanfona ele ouviu.

3

o cadáver

Dez meses e oito dias após o desaparecimento de Luís Quintana, seu cadáver veio à tona durante as obras de desassoreamento do rio. O movimento de uma draga o desprendeu dos liames que o retinham debaixo d'água e projetou-o para a margem. Com o esqueleto subiram uns feixes de algas instalados entre a clavícula e o antebraço esquerdo. Se o rio fosse menos poluído e ainda houvesse alguma vida naquele ponto arenoso, os peixes teriam feito dele uma excelente morada. O crânio ainda guardava algo do contorno de seu rosto um tanto mouro. Os pais de Quintana eram andaluzes.

Tão logo foram informados, Benjamin e Luisito correram para a margem do rio onde se deu o resgate.

Era um dia belíssimo e as dragas já tinham retomado seu trabalho costumeiro ali onde as margens se alargavam um pouco e até ganhavam um brilho de estuário ao sol da tarde. Em repouso sobre a grama, com todos os dentes à mostra, o cadáver parecia demonstrar excelente humor.

Seguiram-se os exames periciais de identificação, que para esse efeito eram até dispensáveis: enrodilhado na haste do pescoço, Quintana trazia o medalhão de Benjamin com a mandala de Kalachakra.

o riso

O aparecimento do cadáver de Luís Quintana, em vez de abrandar a raiva do juiz corregedor Lopes Miranda contra o juiz Alcindor, exacerbou-a. Não demorou que o juiz Alcindor se visse metido num processo interno por *arbitrariedade* e *turpis causa*. Consequência imediata foi a anulação do processo de arresto dos bens de Quintana. Abriu-se para Diva a possibilidade de reaver *O Livro Azul*, mas ela já não demonstrava o menor interesse em mantê-lo. Os conselhos do I Ching apontavam noutra direção. Além disso, o negócio de encadernação ia bem.

Nas duas semanas que se seguiram ao sepultamento dos restos, Diva mal foi vista fora de seu quarto. Lia e relia sem parar as cartas do marido. Continuava tentando adivinhar de onde haviam sido expedidas. Fazia cálculos: que distâncias ele havia percorrido entre uma carta e outra e por que a medida do tempo dele, tão veloz quanto seus deslocamentos, não parecia caber naqueles dez meses de viuvez. E não teve mais dúvidas de onde ele se encontrava quando, uma semana após a morte do comerciante de bebidas, cujo aviso fúnebre saíra no jornal, chegou-lhe a carta de Quintana falando de seu encontro com o antigo cliente.

Fixava-se nos selos, belíssimos, ora mostrando um dragão chinês ora uma meia-lua árabe ou uma ave ribeirinha do rio das Mortes. E um dia, depois de uma visita ao túmulo de Quintana, pôs-se a rir com uma alegria nunca vista, levando a vizinhança a pensar que estivesse louca.

o bilhete

Nesse dia, ao voltar das aulas, a primeira coisa que Luisito viu foram as cartas espalhadas sobre a cama. Em cima da cômoda, ao lado do espelho, um bilhete. "Filho, me perdoa. Professor, obrigado. Vou me juntar a ele. Desculpem levar Mambo comigo."

Num canto do espelho, Luisito viu o reflexo da mãe como se pairasse no ar. Ao lado, na mesma trave, também se estendia, rijo, o gato.

a câmara

Benjamin Ventura viveria ainda mais sete anos. Tinha 86 quando morreu. Enquanto pôde, não renunciou às traduções técnicas e a seus ambigramas, que segundo alguns estavam chegando perto da perfeição. Às vezes descia à feira do bairro para fazer demonstrações de mágica. Fotógrafos costumavam flagrá-lo nesse momento e em todas as lentes a cena parecia a mesma: um velho curvado e cercado por um bando de crianças. Uma dessas fotografias correu mundo num álbum francês intitulado *Scènes brésiliennes*.

Aos sábados, Benjamin ia com Luisito depositar flores no túmulo de Quintana e Diva. Luisito agora trabalhava num banco. Isso deixava Benjamin tranquilo para morrer, conforme ele próprio dissera. Embora em outros tempos o velho tivesse comprado seu próprio túmulo, expressou o desejo de ser enterrado ao lado do casal. Morreu dormindo. Meia hora antes havia pedido a Luisito que lhe ajeitasse as cobertas.

Uma semana depois do enterro Luisito criou coragem e abriu a "câmara secreta" de Benjamin. Puxou os oito gavetões do armário onde o velho guardava seus materiais de trabalho. Havia uma chave para cada gaveta. As chaves estavam dentro de um cinzeiro, numeradas. Da gaveta inferior, a última a ser aberta, emergiu uma espessa camada de selos antigos, muitos com o picote original e unidos entre si como se tivessem saído do prelo — um prelo de 80 anos atrás. Em caixas contíguas, numa ordem que era típica do velho, carimbos de vários feitios, vidrinhos de tinta, potes de cola, almofadas para carimbos e uma vistosa coleção de canetas-tinteiro da marca Parker nos modelos Trench, Duofold e Depression (este último, segundo consta, produzido com restos de materiais de fábrica no pós-crise de 1929), além de uma caixinha repleta de penas de aço sobressalentes.

Havia também uma grande quantidade de blocos de papel-carta especial acetinado.

o diretor
dos correios

Segundo o diretor dos correios, a legislação era omissa quanto a cartas extraviadas cujos selos já tivessem perdido sua validade. Mas fazer chegar uma correspondência a seu destinatário é uma obrigação moral, disse ele. A não ser quando os selos são falsos — e havia muita gente produzindo selos falsos para o mercado filatélico — ele se sentia moralmente obrigado a entregar uma carta que se extraviou. Não importa como e nem quando se extraviou, disse o diretor dos correios. E exemplificou com casos de correspondências que chegaram a seus destinatários com meio século de atraso ou mais.

— Até no mais certeiro dos serviços o imponderável mete a sua pata — disse o diretor dos correios. — A carta que se introduz misteriosamente num vão de armário. O envelope que o vento empurra para baixo de um tapete. O carteiro que enlouquece e do alto de uma torre dispersa o que ainda resta em sua sacola. Sempre haverá a faxineira zelosa, o antiquário que desdobra o tapete, o transeunte que recolhe as cartas dispersas pelo louco e, antes que possa devolvê-las ao correio, morre de um ataque de asma.

— Vou ser franco com o senhor — continuou o diretor dos correios. — Temos um percentual de extravios de 0,3 por cento. A taxa nacional é de 0,5. Mas um caso como este eu nunca tive antes. Aliás, tive um.

E depois de pensar um instante, como se arrependendo do que dissera, rendeu-se finalmente ao prazer da confidência. Revelou a Luisito, em voz baixa, o estranho caso da carta recebida pelo juiz corregedor Lopes Miranda. Anos atrás, o juiz corregedor recebera uma carta estampilhada em 1929 numa agência do correio alemão. O juiz deu fé à carta por duas razões: primeira, ele era um rosacruz; segunda, a carta revelava verdades cruas sobre um caso judicial em que ele estava particularmente interessado.

Ao ouvir isso, Luisito recuou para uma posição de cautela e fechou-se em copas. Não disse uma palavra sobre o conteúdo que trazia na mochila, como era seu propósito ao chegar. Imaginou o diretor sobressaltando-se. Vinte correspondências? Todas extraviadas? E todas dirigidas ao mesmo destinatário?

Impossível. Mandaria fazer um exame de datação. E um teste caligráfico. Espumando, lívido, pensaria em sua carreira e no ridículo em que estava metido.

Luisito não voltou mais aos correios. Evitou como pôde aquela agência. Temia perturbar o sono dos pais na tumba recém-lacrada. Temia que o diretor cruzasse o seu caso com o do juiz corregedor. Acima de tudo receava que a confusão que resultaria disso afetasse a sua situação no banco. Assim, num domingo em que estava particularmente triste, juntou cartas e postais e ateou fogo.

um postal

No exemplar d'*O Segredo da Flor de Ouro* deixado por Benjamin junto à sua cama (nos meses finais, o antigo tratado chinês voltara a ser o livro de cabeceira do velho), um marcador assinalava a página 95. Nela havia uma frase que dizia: "Assim como o homem vive no ar e não vê o ar, os peixes vivem na água e não veem a água".

"Talvez aqueles pescadores vejam", pensou Luisito.

Procurou o detetive Advíncula e se anunciou como o filho de Luís Quintana. Disse-lhe que, embora não fosse obrigado a isso, tinha interesse em quitar as dívidas do pai. Advíncula riu:

— Mas já faz muito tempo e eu não trabalho mais para aqueles senhores. Esqueça, *ok*?

Luisito pediu a Advíncula que usasse suas relações no fórum para que pudesse folhear o processo da morte de seu pai. Ele queria ver se encontrava ali um detalhe não levado em conta pela polícia: o de que o acidente fora presenciado por um casal de pescadores.

— Eles foram ouvidos — disse Advíncula —, mas só disseram coisas absurdas.

— Mesmo assim, eu gostaria de vê-los.

Advíncula deu de ombros e levou-o ao fórum. Luisito anotou os nomes de Juliano e Maria Tristão e da vila pesqueira onde moravam. Não constava propriamente o endereço, mas apenas referências vagas a uma colônia de pescadores na beira do rio. Já iam se separar quando Advíncula pediu que Luisito o acompanhasse de volta a seu escritório. Queria lhe mostrar uma coisa. Abriu uma pasta e tirou de dentro um cartão-postal.

— Ainda não consegui descobrir que merda é esta e quem está por trás disso. O certo é que me fez perder muitas noites de sono. Se quer saber, ainda acordo no meio da noite pensando nesse maldito postal. Agora que seu pai está morto e bem enterrado, tem ideia do que se trata?

O cartão mostrava a rampa de um castelo do tempo das Cruzadas. Os dois selos iguais traziam a figura de um camelo estilizado e rabiscos árabes ou judaicos. Abaixo, em tinta verde, o que parecia ser a letra inconfundível de Quintana. Ao terminar de ler, Luisito por prudência respondeu que não fazia a menor ideia do que era aquilo, mas que possivelmente se tratava de uma brincadeira.

Accho, 27-XII-929

Meu caro Advíncula.

Não pense que lhe quero mal. A distância, o tempo, as miragens e a inutilidade da busca trabalham a nosso favor. Nossas diferenças serão semelhanças. Gostaria de lhe ter poupado os aborrecimentos que teve por minha causa, mas compreenda que eu não podia me deixar apanhar. Nem mesmo por você.

Afetuosamente,

Luís Quintana

o pescador

Não foi fácil encontrar o casal de pescadores.

A colônia se chamava das Garças. Um rodopio de 30 ou 40 casinholas em torno de uma igreja evangélica, distantes meio quilômetro do rio e da estrada. Antes a colônia ficava mesmo na beira do rio, mas tiveram todos de se mudar de lá (isso lhe contaram no bar da vila) por causa das enchentes e dos acidentes na estrada. Ultimamente, nas chuvas de verão, o rio vinha estourando as margens. Um único pescador se negou a sair e permaneceu ribeirinho — justamente Tristão, com a mulher, que era professora na escola da vila. Por isso ele e a mulher tinham sido os únicos a presenciar a maioria dos acidentes nos últimos dez anos.

Mas eles não moravam mais lá. Tinham-se mudado para um lugar chamado Alvarenga, às margens da represa Billings, graças à transferência de Maria Tristão para uma escola melhor. Em Alvarenga Luisito teve outra surpresa: havia menos de mês que o casal Tristão se mudara para a Capital, onde Juliano era agora porteiro de hotel. Maria continuava sendo professora.

O hotel de Juliano era um prédio de cinco andares num bairro afastado da Capital. O lugar era triste e a clientela, escassa. Juliano sentia saudades do rio e dos peixes. Na outra cidade ainda se podia pescar na represa, mas não era como pescar no rio. A água do rio lava os peixes, a represa os embalsama. Sobre o acidente do pai, Juliano disse que vira mais de duzentos acidentes naquela estrada.

— Os carros se desgarravam na mesma curva e ninguém nunca tomou providência. O rio ficava esperando de boca aberta.

— E do acidente de que falo, o senhor se lembra?

Vendo no olhar dele uma sombra, Luisito tratou de o tranquilizar: o corpo há muito encontrado, o processo arquivado. O antigo pescador acendeu um cigarro:

— Daquela vez eu fui chamado para depor. Nunca isso tinha acontecido antes. Por isso me lembro. Eu me lembro até da cara assustada de seu pai depois de ter sido vomitado do carro.

Depois disso Juliano já não quis dizer mais nada sem o testemunho da mulher.

— Ela que se lembra de tudo. Minha memória é ruim e eu posso me confundir. E eu não quero enganar o senhor.

E depois de um tempo:

— É engraçado, o senhor é a segunda pessoa que vem aqui saber dessas coisas. Antes veio um senhor de idade, como era mesmo o nome dele?

— Ventura? Benjamin Ventura?

— Ah, isso mesmo. Ventura. Mas na época a gente ainda era ribeirinho. E foi logo depois do acidente. Igualzinho o senhor, o professor também queria saber como tudo tinha acontecido. Maria falou com ele.

Maria Tristão

Maria Tristão era uma mulher espadaúda, ágil e de linhas resolutas no rosto vincado. Falava alto.

— Primeiro ouvi o raspar dos ferros, depois o pum-pam-plof da coisa rolando o barranco, e finalmente o ribombo do carro no rio. Só mais tarde vi o homem estirado no banco de argila. Era mesmo seu pai?

— Sim, era meu pai.

— Estava desacordado quando chegaram ao banco de argila — ela continuou. — Tinha um ferimento feio na cabeça e sangrava. Por um momento recuperou a consciência e abriu os olhos. Fixou o céu claro, estrelado, e murmurou coisas.

— Que coisas?

— Palavras estranhas. Qualquer coisa sobre salgueiros nas margens da estrada.

— E que mais?

— Palavras. Anotei num papel que depois se perdeu numa de nossas mudanças. Antes eu me lembrava de tudo sem precisar do papel, depois fui esquecendo aos poucos. Pode ser que ainda esteja por aí, mas tenho de procurar.

— Costuma tomar nota das coisas que ouve?

— Não, mas aquelas eu anotei.

— Por quê?

— Para entender.

O que mais havia contado a Ventura? Maria Tristão respondeu que o mesmo que estava contando a ele agora, ou seja, que enquanto entrava em casa e procurava um pano para fazer uma bandagem, o marido ficou tomando conta dele no banco de argila. Quintana pediu água. Então ela viu quando Juliano surgiu na cozinha dizendo "ele quer água", encheu um copo na torneira do filtro e voltou para o rio. Ela seguiu atrás. Quando os dois chegaram ao rio, Quintana havia desaparecido.

No depoimento que deram à polícia, quando o delegado indagou o que, na opinião deles, poderia ter acontecido quando deixaram Quintana sozinho, eles ficaram muito perturbados e apresentaram duas hipóteses: 1) o acidentado juntou forças, pôs-se de pé e foi embora; 2) deslizou na argila e foi tragado pelo rio. Esta segunda possibilidade o delegado considerou bastante razoável mas não fez constar no boletim. Talvez porque Maria Tristão apresentou uma terceira hipótese que provocou o riso dos policiais e fez com que Juliano

mais tarde ralhasse com ela: 3) a de que Quintana tivesse subido aos céus e levado o próprio corpo.
Como Cristo.

o delírio

Um mês depois chegou uma cartinha de Maria Tristão.

Informava ter encontrado as anotações feitas na noite do acidente. A carta vinha acompanhada de uma página de caderno escolar dobrada ao meio, com uns rabiscos a lápis. Eram somente umas frases, além daquela sobre os salgueiros na beira da estrada. Lidas isoladamente, pareciam o delírio de um bêbado:

"Eu acredito no que vejo".

"Não olhe para trás".

"Siga aquele gato".

Impressão e Acabamento